MW01171853

OBRAS CORTAS DE TADEO

Tadeo Padua Mata

ÍNDICE

Prólogo 9

Una breve introducción 13

Descripción de la obra y personajes principales 15

Obras cortas de Tadeo 17

    La cuenta va por la casa 19

    Don Juan y el Profesor Estanislao 25

    La hija de Doña Cuquita 31

    La maestra que se duerme 39

    Recordando el colegio 47

    Compartiendo anécdotas 55

    Don Teo y Eufemia 61

    La nueva conquista 67

    Mi candidato favorito 77

    La tienda de antigüedades 85

    Navidad con Doña Cuquita y el Profesor Estanislao 93

    De muertos vivientes y otras cosas 101

    El regreso a clases 109

    Ocurrencias para una kermés escolar 119

    La estética 127

    D'sastres 135

    ¡Y buenas con...! 143

    La maestra de Astrología 149

    Estanislao, el invidente 157

    Estanislao: intento de payaso fracasado 169

    Buenos maestros 179

    Mi querida Hortensia 189

Galería de fotografías 197

Agradecimientos 203

A Dalila Santos,
por hacerme creer en mí.

PRÓLOGO

Por Juan Alanís Tamez

Me siento muy orgulloso de prologar esta obra para Tadeo Padua Mata, principalmente porque esto representa su primer libro, que significa iniciarse en la dramaturgia. Por lo que comenzaré por decirles que el título *Obras cortas de Tadeo* me parece bastante apropiado, ya que contamos con 22 de estos escritos, que son trabajos de dramaturgia. Tadeo Padua, nos los presenta luego de llenar el acervo de *Las Variedades de Tadeo*, conocidas inicialmente como *Las Variedades del Espacio Cultural del Barrio* (por el lugar dónde se empezó a presentar el espectáculo), probadas todas las representaciones, es decir, que todas las obras cortas que aquí se incluyen, han sido ya representadas, agradezco que las primeras 3 fueron dirigidas por el Maestro Francisco Javier Cuéllar González, mejor conocido como Chucho Cuéllar, el resto, 19 de ellas, dirigidas y actuadas por un servidor.

Es muy interesante conocer que Tadeo y un servidor hemos sido piezas constantes en todas las obras cortas, cabe destacar que por ellas han desfilado una buena cantidad de compañeros y compañeras, actores y actrices conocidos y no conocidos del estado de Nuevo León; como lo son: Perla Saldívar, Adriana Almaguer, Julián Villarreal "Juliancito", Magda Alanís, Elena Villarreal y su hijo Nicolás Álvarez, "Alfox" Jiménez, también, Yolanda Salazar, Rosita Ábrego,

"Chema" Lozano, José Guadalupe Godínez, artísticamente nombrado *Godínez Show*, Aurora Palacios y Dalila Santos.

El libro es bastante ameno y puedo incluso decirles que su contenido, está bastante claro, pues cada una de éstas ocurrencias de Tadeo, de estos pasajes, él los ha ideado, los recrea en su mente y luego los transmite con su puño para hacer los manuscritos y posteriormente los captura, para que estos tomen forma, enseguida nos deja la libertad a quienes hemos sido los directores y actores, de modificar cualquiera de los textos, de nutrirlos, agregar o cambiar parlamentos -para beneficio de los mismos de preferencia- Por supuesto, esto no todos los escritores lo aceptan, a muchos no les gusta que lo hagamos.

Tadeo Padua, es un joven talentoso de 29 años que tiene mucha creatividad, le auguro que va a tener mucho trabajo por delante, y sé que este puede ser muy bien recibido por los teatristas, tanto espectadores como los compañeros del teatro y del medio artístico, que constantemente andamos en busca de este tipo de textos para llevarlos a escena.

¿Necesita usted una obra corta para 2 o 3 personajes, cuando mucho unos 4 personajes? Pues estas obras cortas de Tadeo son idóneas; qué usted necesita textos sobre temas específicos: las elecciones, candidatos, etc. porque ya se aproximan los tiempos de campañas, pues él los tiene en éste libro, qué anda buscando sobre maestros y el magisterio, aquí vienen varios textos en los que se involucra un par de maestros, que requiere sobre algunos oficios o quehaceres de la vida diaria, aquí hay textos para esto. Usted va a poder seleccionar y recrear en escenarios propios los cuadros que aquí se comparten; representarlos en la casa de cualquiera de ustedes, ante poco, mediano o gran público.

Lo más interesante de las obras cortas de Tadeo, es que no se requiere de grandes escenografías o de grandes vestuarios, basta con ropa simple, como se vestiría un maestro, un político o un ranchero,etc.

En cuanto a ¿qué utilizamos de mobiliario?, generalmente, lo que en todas partes podemos tener a la mano, una mesa, unas sillas, ya sean 2, 3 o 4 piezas, tal vez algún florero, teléfono o escritorio, dependiendo de cuál de los sketches, u obras cortas estemos hablando.

Mis felicitaciones para el autor Tadeo Padua Mata y que este libro, sea el inicio de una larga, prolífica y muy efectiva carrera de escritor, que nos dé cientos de textos más. Ya sea en obras cortas, medianas, largas o en lo que Tadeo nos tenga preparado para todos y cada uno de nosotros, repito, enhorabuena para el joven Padua Mata, autor de *Obras cortas de Tadeo.*

Una breve introducción

Obras cortas de Tadeo es en pocas palabras una recopilación de guiones teatrales de corta duración.

Éste proyecto se origina gracias a *Las Variedades de Tadeo Padua* espectáculo de tipo revista que se ha presentado itinerantemente en diversos recintos, teatros y espacios culturales de la ciudad de Monterrey N. L. desde el año 2015, el mencionado *show* consiste en la presentación de diferentes números artísticos, en dónde han tenido participación numerosos cantantes, comediantes y actores de la comunidad artística regiomontana.

Cabe destacar que desde el día de su estreno, hasta la última función que se lleva al momento, uno de los números que no puede faltar es el sketch; haciendo remembranza a aquellas funciones de variedades de antaño, en las carpas y los teatros de otrora época.

Me he encargado la misión de preservar ésta tradición teatral que considero tan relevante para nuestra sociedad, y es con esos mismos ánimos con los que ahora me he decidido a realizar ésta publicación.

Los cuadros teatrales que plasmo en esta emisión han sido ya representados por lo menos una vez, pero ahí se quedaron, en el recuerdo del público que los vio en alguna función.

El objetivo de éste compendio es darle difusión a ese material, que llegue a más personas y, por supuesto, que sea de utilidad para aquél que lo tenga en sus manos, ya sea para promover las artes teatrales o meramente como entretenimiento para los amantes de la lectura, y aquellos gustosos de las comedias pícaras y de humor blanco.

Éste también es un texto adecuado para los maestros de teatro enfocados a los adolescentes y adultos, porque pueden disponer de los libretos que aquí se encuentran para las prácticas de la materia.

Lo único que me queda por decir es que espero que éstas páginas sean de su agrado, que ojalá y le sea de provecho lo que aquí contiene y que disfrute al máximo su lectura.

Tadeo Padua Mata

Descripción de la obra
y personajes principales

La mayoría de los cuadros transcurren en un escenario en común: la cafetería El Refugio, una fonda típica del centro de Monterrey, austera en su totalidad, sillas dispares, mesas sencillas cubiertas con manteles de plástico, sin clima, grandes ventanales y paredes de sillar. Es atendido por su propietaria Doña Cuquita. Éste escenario puede ser modificado a placer del director, Y considerando los elementos con que se disponga. Si no es su intención llevar a cabo la representación de los cuadros teatrales, y solamente busca el placer de la lectura como medio de entretenimiento, usted estimado(a) lector(a), tiene la libertad de dejar volar su imaginación y crear los escenarios a cómo más prefiera.

La trama gira alrededor de otro par de personajes, Estanislao y Plutarco, protagonistas también de casi todas las historias, maestros de profesión y clientes asiduos a la cafetería.

A continuación haré una descripción de éstos protagonistas con el afán de que sean identificados fácilmente cada que aparezcan.

DOÑA CUQUITA

Dueña de la cafetería El Refugio, ya en la edad de la juventud acumulada, cabello cano, lentes grandes de aumento, mandil y pañoleta en la cabeza, siempre de mal carácter y mal encarada, hace su trabajo de mala gana, el único que la doblega y la pone de buen humor es el Profesor Plutarco.

PROFR. PLUTARCO

*Es el director del **Instituto Ignacio Allende** (Primaria y Secundaria) incorporado a la Secretaría de Educación. Un dato importante es que el instituto se encuentra frente a la cafetería **El Refugio**.*

Hombre alto, bien parecido, siempre de traje, ya maduro. El Profesor Plutarco es un hombre recto, culto, de principios y buenas costumbres, en veces rígido, pero con tintes picarescos. Está por jubilarse, pero se niega a hacerlo.

PROFR. ESTANISLAO

*Cliente de la cafetería y docente del **Instituto Ignacio Allende**, de la misma edad de Plutarco, viste de traje pero sus conjuntos lucen ya muy gastados, así como sus corbatas que algunas se ven hasta desteñidas. Usa lentes para leer y bastón para apoyarse. Es una persona muy ocurrente e imprudente, causante principal de los embrollos que se suscitan dentro de toda la obra.*

Los personajes son como un servidor los visualizó, nuevamente hago mención de que usted puede visualizarlos y representarlos con las cualidades físicas que más le convenga o tenga a su disposición.

Tadeo Padua Mata

Obras cortas de Tadeo

La cuenta va por la casa

PERSONAJES:

DOÑA CUQUITA
PROFESOR ESTANISLAO

(Aparece el **PROFESOR ESTANISLAO** *leyendo el periódico, ocupando algo de la mesa central de la cafetería).*

PROFESOR ESTANISLAO: *(Interrumpe su lectura, baja el periódico lentamente y voltea en todas direcciones, buscando a alguien, molesto).* ¿Pues quién desatiende aquí? ¡Mesera, camarera, cocinera… el que barre, de perdido! ¿Qué no hay nadie en este intento mal logrado de fonda? ¿Alguien que atienda el clamor de este buen hombre? ¿Nadie?

DOÑA CUQUITA: *(EN OFF)* Ya voy, ya voy… ¿Pues por qué tanto grito? *(Ya en escena).* Ah… es usted.

PROFESOR ESTANISLAO: ¿Y luego? ¡Soy un cliente!

DOÑA CUQUITA: *(Sarcástica)* ¡Ay sí, ay sí, el cliente!

PROFESOR ESTANISLAO: Soy un cliente que paga, acuérdese: "La raza paga, la raza manda".

DOÑA CUQUITA: ¡Calmao, mi Bronco [1], pare su cuaco! ¿Y luego, va a querer café, o qué?

PROFESOR ESTANISLAO: Sí, mire, le voy a encargar un café de la variedad maragogipe en un estilo de tostado europeo, con molido fino. Por favor que no esté muy cargado, ni tibio, pero tampoco muy caliente. Con dos cucharaditas de azúcar mascabado y una pizca de canela. Además, le voy a encargar unos panes tostados, que no se le pasen de tueste. *(Mientras Estanislao habla, doña Cuquita lo ignora, mira hacia otro lado o revisa su celular).* ¿Oiga, me está escuchando?

DOÑA CUQUITA: *(Sarcástica)* ¡Claro!

PROFESOR ESTANISLAO: Muy bien. ¡Ah, sí! Y a los panes tostados les pone mermelada de conserva de naranja, de esa de Allende. ¿Estamos?

DOÑA CUQUITA: ¡Óigame, óigame! ¡Para empezar, ya desde el cafecito lo andaba mandando mucho a con su mamá a dar la vuelta!

PROFESOR ESTANISLAO: *(Enojado)* ¿Cómo se atreve? ¿Pero qué le pasa? ¡Qué impropia, ofensiva, grosera, insultiva…!

----

1 Apodo de Jaime Rodríguez Calderón, exgobernador de Nuevo León.

DOÑA CUQUITA: ¡Pero no se enoje, mi Adela Micha, párele a su tren!

PROFESOR ESTANISLAO: Lo siento, me ofusqué un poco… ¿Me va a traer lo que le pedí?

DOÑA CUQUITA: NO.

PROFESOR ESTANISLAO: ¿Y por qué?

DOÑA CUQUITA: Porque fíjese que el pan tostado se acaba de acabar.

PROFESOR ESTANISLAO: ¿Y ahora?

DOÑA CUQUITA: Tengo pan dulce… si quiere.

PROFESOR ESTANISLAO: Bueno, entonces deme una dona de azúcar.

DOÑA CUQUITA: Se acaban de acabar.

PROFESOR ESTANISLAO: Pues le encargo una Yolanda…

DOÑA CUQUITA: Fíjese que de esas no hay.

PROFESOR ESTANISLAO: ¡Ah, que la fregada! Dígame entonces de cuáles tiene.

DOÑA CUQUITA: *(Del mandil se saca una bolsa de papel, la abre y se fija lo que hay).* Nada más me quedaron estos, eran de mi desayuno, pero para que vea que soy gente, le voy a convidar.

PROFESOR ESTANISLAO: Muchas gracias, doña Cuquita.

DOÑA CUQUITA: ¿Cuál "gracias"? Como quiera se lo voy a apuntar en la cuenta. Mire, nada más me quedan una concha y una repostería.

ESTANISALO: A ver ese de "repostería" suena moderno.

DOÑA CUQUITA: *(Toma una servilleta del servilletero, se la extiende como plato y ahí pone el pan). ¡Ahí ta! (Se chupa los dedos para limpiarse).*

PROFESOR ESTANISLAO: ¡Ah, pero no es una repostería, es un polvorón!

DOÑA CUQUITA: ¿Polvorón? *(Indignada)* A lo mejor usté así le dice pero es una RE-POS-TE-RÍ-A.

PROFESOR ESTANISLAO: Perdóneme, Lulú Pedraza.

DOÑA CUQUITA: Para que lo sepa, yo le di clases a "Cocinando con Paco".

PROFESOR ESTANISLAO: *(sarcástico)* Pues mis respetos, Cuquita, mis respetos. ¿Y no me va a traer mi café?

DOÑA CUQUITA: *(sarcástica, burlona)* ¿"Y mi café", "y mi café"? ¿No va a querer su agüita con tenedor? O ¿su nieve con popote?

PROFESOR ESTANISLAO: ¡No estoy jugando, Cuquita! ¿Cómo me voy a pasar el pancito?

DOÑA CUQUITA: ¡Ta güeno, viejo panchoso, ahorita se lo traigo! *(Va a la barra, saca una taza con motivos navideños o cualquiera que se vea casera, le pone agua de una jarra, y en otra mano agarra un frasco de café soluble, se regresa y lo pone en la mesa con desdén).* ¡Ahí ta su agua de calcetín!

PROFESOR ESTANISLAO: *(Se enciende).* ¿Pero cómo se atreve? ¡Usted se está pasando de viva! ¿Quién se cree? ¿María Julia la Fuente, María Félix, Lucía Méndez?

DOÑA CUQUITA: *(Cambia de tema para enlazar un recuerdo).* ¡Ah!, pues déjeme decirle que no está usté para saberlo ni yo para contarlo, pero el otro día fui a comer al hotel Ancira con mis hijas, una de veintiocho y otra de treinta, y que se me acerca el mesero y me pregunta a mí: "¿Qué va a querer la señorita?" Y a mis hijas les dijo "señoras". ¿Por qué será? ¿Por qué será?

PROFESOR ESTANISLAO: *(Insolente)* Ha de ser porque le hacen el favor.

DOÑA CUQUITA: *(Enojada)* ¿Cómo que me hacen el favor? ¡Si me dicen "señorita" es porque parezco! Con decirle que el doctor con el que consulto desde hace treinta años dice que estoy igual que hace treinta años.

PROFESOR ESTANISLAO: ¡Entonces le dice que está bien buena!

DOÑA CUQUITA: Va incluido, va incluido… Me halaga, profesor Estanislao. ¿Sabe qué?

PROFESOR ESTANISLAO: ¿Qué?

23

DOÑA CUQUITA: ¡Déjeme decirle que la cuenta va por la casa!

FIN

Tadeo Padua Mata
Junio de 2015

Don Juan y el Profesor Estanislao

PERSONAJES:

DON JUAN *(Hombre de la tercera edad que trabaja de mesero de la cafetería, trae un mandil).*
PROFESOR ESTANISLAO

(Aparece don Juan recargado en la pared de la cafetería, leyendo el periódico o una revista).

DON JUAN: *(Hablando para sí).* El Bronco deja millones de deuda al gobierno entrante… ¡Qué novedad, que publiquen algo que no se sepa! ¡Estos pasquines de hoy! Pero como no tengo nada más interesante que hacer, al menos me entretengo leyendo las noticias, con eso de que todavía estamos en pandemia ha dejado de venir la gente. Se me hace que mejor ya voy a cerrar este tugurio para no andar dando lástimas.

(Entra el profesor Estanislao).

PROFESOR ESTANISLAO: ¡Hola, don Juan, buenas tardes! ¿Cómo le va?

DON JUAN: Pues todo iba bien hasta que usted apareció, maistro Epifanio.

PROFESOR ESTANISLAO: En primer lugar, no me diga "maistro", soy profesor y licenciado. ¿Dónde me vio la cuchara y el nivel del doce? y en segundo, no me llamo "Epifanio", mi nombre es Estanislao.

DON JUAN: Epifanio, Estanislao... ¿Cuál es la diferencia? Además compréndame, ya la edad, ya uno no retiene igual...

PROFESOR ESTANISLAO: ¡Ay, no! Es por demás con usted... pero bueno, ¿qué le vamos a hacer? *(Toma asiento)*. Mejor tráigame mi café, que estoy esperando a mi compadre Cayetano.

DON JUAN: Oiga, maestro Eulalio, ¿sabe qué...?

PROFESOR ESTANISLAO: ¡Estanislao, don Juan, Estanislao!

DON JUAN: Perdón, maestro Estanislao, no se me ofusque. ¿Es que sabe qué?

PROFESOR ESTANISLAO: ¿Qué? No... No me diga que Cayetano se acaba de ir. ¿Cómo puede ser? *(Dramático)* Yo que vengo desde Ciénega de Flores, atravesando casi todos los chingados municipios del área metropolitana para saludar al compadre, y ¿para qué? Para que me salga usted con la monserga de que no me esperó.

DON JUAN: No sea usted tan drástico, tan exagerado, tan imaginativo. ¡Tranquilo, maestro Eufrasio!

PROFESOR ESTANISLAO: ¡Estanislao! Ya apréndaselo, don Juanito, lo voy a tener que poner a hacer planas con mi nombre.

DON JUAN: No se exalte, que me va a dar… *(Como que le quiere dar un infarto).* ¡Ay, Diosito santo, me va a dar!

PROFESOR ESTANISLAO: *(Asustado)* ¿Qué cosa le va a dar?

DON JUAN: ¡Ay, pues…! *(Confundido)* No sé… Pero algo me va a dar…

PROFESOR ESTANISLAO: ¡Ya no sea payaso, no empiece con su… mamá a dar la vuelta! Mejor dígame lo que me iba a decir.

DON JUAN: ¡Ah, sí, sí, sí! Pues mire, déjeme le cuento, le informo, le notifico, le platico, le manifiesto, le comunico que vino su compadre… Sí, lo recuerdo. Y me dijo algo… *(Se queda pensando).* Sí… ¿Qué me dijo? Ah, sí, sí, ya me acordé: ¡sí, eso me dijo y pues yo le dije y que me dice! ¡Y que le digo!… y así fue.

PROFESOR ESTANISLAO: *(Se queda con cara de* what*).* ¿Acaso quiere jugar con mi inteligencia? ¿Cree que tengo un tazón de cereal en el cerebro? No, don Juanito, se me hace que usted está derrapando. ¿Le anda pegando al Cantinflas o al Chespirito?

DON JUAN: ¿Cantinflas? ¿Chespirito? ¿Qué acaso no le resultó provechosa mi explicación, profesor Espiridión?

PROFESOR ESTANISLAO: ¡Estanislao! Por vigésima vez, ¡Estanislao!… Y no, no me resolvió nada, don Juan, me dejó en las mismas. Y otra cosa, déjeme decirle que aquí todo está muy mal.

DON JUAN: *(Pegando su mano a la oreja como si estuviera sordo).* ¿Cómo dice?

PROFESOR ESTANISLAO: ¡Aparte sordo!

DON JUAN: ¡No! Si lo escuché perfectamente, lo que pasa es que no entiendo la causa de su reclamo.

PROFESOR ESTANISLAO: *(Molesto)* Para empezar, el servicio está fatal, ni si quiera ha tenido la amabilidad de traerme mi café, luego agreguémosle que hasta ahorita no me ha sabido decir qué le dijo mi compadre. ¡Exijo una aclaración, o ya de perdido un buen servicio de su parte…!

DON JUAN: ¡Pérese ahí! ¿Cómo que de mi parte? ¿Ya nos llevamos así, profesor?

PROFESOR ESTANISLAO: ¡Ay, qué viejo tan mal pensado, qué cochino! Me refería al servicio, a las atenciones adecuadas que conllevan su trabajo como mesero.

DON JUAN: Ándele, ahí cambia la cosa, usted que es maistro debe de saber bien cómo están eso de los sujetos y los predicados y que aquí el orden de los factores sí altera el producto; no es lo mismo decir "Lino, préstame tu remo" que "Préstame tu remo, Lino".

PROFESOR ESTANISLAO: Ya entendí. Bueno, ¿ya me va a decir que pasó con el compadre, o no?

DON JUAN: ¿El compadre de quién?

PROFESOR ESTANISLAO: *(Exasperado)* ¡Es por demás con usted!

DON JUAN: ¡Discúlpeme, don Eustaquio!

PROFESOR ESTANISLAO: ¡Es-ta-nis-la-o!

DON JUAN: ¡Sí, sí, "Estanislado"!

PROFESOR ESTANISLAO: Bueno… casi…

DON JUAN: ¿Casi? Si es igual. Estanislado, Eustaquio, ¿cuál es la diferencia? Además, ¿sabe qué? *(Refunfuñando)* Creo que ya tuve suficiente de usted. Nomás vino a hacerme pasar corajes.

PROFESOR ESTANISLAO: ¿Yoooo?

DON JUAN: ¡Sí, usted! Que si le cambio el nombre, que si el compadre sabrá Dios de quién, que si no le sé explicar, que si Chespirito… No. Yo no tengo humor para esas cosas. Mire *(señalando la cocina)*, ahí está la jarra del café, atiéndase solo si quiere. *(Se da la media vuelta para salir)*.

PROFESOR ESTANISLAO: *(Se levanta, ofendido)*. ¿Qué me atienda solo? ¿Yoooo? ¿El profesor Estanislao Rockefeller Kalifa de Jardán?

DON JUAN: ¡No, su abuelita!

PROFESOR ESTANISLAO: ¿Qué dijo?

DON JUAN: *(Recapacita y se regresa)*. Discúlpeme, usted tiene razón, maistro, no sé en qué estaba pensando. Para sanear los agravios déjeme decirle *(Apunta a la comanda y la pone en la mesa).* que la cuenta va por la casa.

PROFESOR ESTANISLAO: ¡Pero qué le pasa, si ni hay cuenta, nunca me trajo nada!

DON JUAN: ¡Gracias, vuelva pronto!

PROFESOR ESTANISLAO: ... Pero...

DON JUAN: ¡Gracias!

(Se va yendo a la cocina y lo deja hablando solo, Estanislao también sale).

FIN

Tadeo Padua Mata
27 de septiembre de 2021

La hija de Doña Cuquita

PERSONAJES:

MARIANA *(Es la hija de doña Cuquita, entre los treinta y cuarenta, mandil y cabello recogido).*
PROFESOR ESTANISLAO
DOÑA CUQUITA

(Escenario de la cafetería, aparece Mariana, barriendo el recinto)

MARIANA: *(Preocupada, hablando para sí misma).* ¡Ay, no! Qué solo ha estado esto el día de hoy. ¿Por qué será que no ha estado viniendo la gente como antes? ¿Será por las vacaciones? ¿O por la calor?... Sí, eso ha de ser, como está haciendo tanto calor a la gente ya no se le antoja venir a tomarse un café. Yo creo que le diré a mamá que empecemos a vender cerveza para atraer más clientes... *(Entra el profesor Estanislao).* ¡Ah, qué tal, maestro Estanislao! ¡Pase, siéntese donde guste!

PROFESOR ESTANISLAO: *(Sarcástico)* Sí, como hay tantas mesas ocupadas... *(Toma asiento).*

31

MARIANA: ¿Va a querer su café?

PROFESOR ESTANISLAO: Sí, por favor.

MARIANA: ¿Va a querer algo de merendar?

PROFESOR ESTANISLAO: No… *(Ocurrente)* ¿Sabes qué se me antoja, Mariana?

MARIANA: ¿Qué, oiga?

PROFESOR ESTANISLAO: Se me antoja una orden de cabrito en salsa de chile morita y champiñón, con una crema de almendras de entrada.

MARIANA: ¡Ya hasta a mí se me antojó! Deje ir a la cocina para que le preparen la orden.

(Estanislao se queda en su lugar leyendo el periódico. Mariana se dirige al otro extremo del escenario, donde se simula la barra o la entrada de la cocina, a encontrarse con doña Cuquita, que estaba descansando comiendo un lonche, bebiendo un refresco o leyendo alguna revista).

MARIANA: Mamá, llegó el maestro Estanislao.

DOÑA CUQUITA: *(Sarcástica)* ¿Y luego? ¿Le mando traer un mariachi, o una tambora?

MARIANA: *(Comprensiva)* ¡Mamá! Viene a comer y ya pidió su orden…

DOÑA CUQUITA: ¿Qué le va uno a hacer? Y ¿qué te pidió el desquiciado ese?

MARIANA: Pidió una crema de almendras y una orden de cabrito en salsa de morita y champiñón.

DOÑA CUQUITA: *(Se levanta de su asiento y empieza a imitar a Estanislao).* "Mírenme todos, soy el maistro Estanislado y pido cosas que nadie pide porque me creo bien popoff" ¡Ja! ¡Pobrecito!

MARIANA: ¡Mamá, no hables así de los comensales! ¡Si de por sí, casi ni tenemos clientes!

DOÑA CUQUITA: No, mijita, aquí así es: atendemos bien mal, damos bien caro y las gentes como quiera siguen viniendo.

MARIANA: ¿Entonces qué le digo al profe?

DOÑA CUQUITA: Mira, Marianita, ese hombre es conflictivo, siempre anda con sus ma... mamarrachadas. No te preocupes, hija, yo lo voy a ir a arreglar.

(Cuquita se acerca a Estanislao).

PROFESOR ESTANISLAO: *(Deja a un lado su lectura).* ¡Buenas tardes, doña Cuquita! ¿Cómo está?

DOÑA CUQUITA: *(Altanera)* Cómo san Nabor, cada vez mejor.

PROFESOR ESTANISLAO: Se nota, se nota. Me vino a atender su hija ¿Cómo va mi orden?

DOÑA CUQUITA: *(Despectiva)* De eso vengo a hablarle, fíjese que no hay salsa de chile guajillo a la boloñesa.

PROFESOR ESTANISLAO: Yo no pedí eso, yo pedí específicamente salsa de chile morita con champiñón.

DOÑA CUQUITA: Es lo mismo. Mire, no hay ni de chile guajillo, ni de chile morita; lo que hay para usté y mucho es: **PURO CHILE.**

PROFESOR ESTANISLAO: *(Exaltado)* ¿Cómo dice?

DOÑA CUQUITA: ¿No le queda claro?

PROFESOR ESTANISLAO: ¿Puro chile? *(Se pone de pie).*

DOÑA CUQUITA: Siéntese. *(Lo sienta).*

PROFESOR ESTANISLAO: *(Enfurecido)* ¿Cómo se atreve?

DOÑA CUQUITA: Lo que quiero decir es que no hay salsas, ni va a haber cabrito, ni crema de avellanas tampoco.

PROFESOR ESTANISLAO: Almendras.

DOÑA CUQUITA: ¡Es lo mismo! ¡Al cabo, para usted no va a haber nada!

PROFESOR ESTANISLAO: ¿Nada? ¿Ni café?

DOÑA CUQUITA: Café sí, eso sí le podemos ofrecer.

PROFESOR ESTANISLAO: *(Resignado)* Yo tenía ganas de comer, pero bueno, pues tráigame nomás el café.

DOÑA CUQUITA: A cincuenta pesos la taza y sin refil.

PROFESOR ESTANISLAO: *(Sorprendido)* ¡Óigame! ¿Y por qué subió tanto? Ni que estuviéramos en el Ambassador.

DOÑA CUQUITA: Es que es "café gurmé".

PROFESOR ESTANISLAO: Al menos voy a pagar por algo bueno es este intento de puesto de mercado sobre ruedas. Tráigamelo, por favor.

(Cuquita regresa con su hija).

MARIANA: ¿Cómo quedaste con el maestro?

DOÑA CUQUITA: Todo bien, ya se calmó el viejo y nomás va a querer café. Llévale por favor una taza con agua caliente y ahorita voy yo con el café.

(Va Mariana con Estanislao).

PROFESOR ESTANISLAO: Oye, hija, tu mamá no la pisa sin huarache, no sé por qué tengo la idea de que no le caigo bien.

MARIANA: ¿Mi mamá? No, maestro, ¿cómo cree?

PROFESOR ESTANISLAO: No, nomás decía.

(Llega Cuquita con el frasco de café soluble).

DOÑA CUQUITA: *(Poniendo el frasco en la mesa y con sarcasmo).* Aquí está su café gourmet.

PROFESOR ESTANISLAO: ¡Oiga! ¡Esto no es gourmet! ¡Es la marca más corriente! ¡Qué chafa me salió, Cuquita!

DOÑA CUQUITA: ¡Quema mucho el sol!

PROFESOR ESTANISLAO: ¿Disculpe?

DOÑA CUQUITA: Yo no sé a qué viene aquí, don Estanislado, esto no es ni el Casino Monterrey, ni el Antonio's para que se ponga sus moños, aquí se sirve lo que hay.

PROFESOR ESTANISLAO: Pues como quiera, nunca tienen nada, siempre todo "se acaba de acabar" y su menú es una vil farsa *(Saca una cartulina fosforescente, escrita con marcador).* Aquí dice que venden cabrito en salsa, enchiladas potosinas, milanesa empanizada, sopa de lentejas y "azado" de puerco, y encima mal escrito.

DOÑA CUQUITA: *(Empieza a hablar como española).* Es que así se escribe. Como mi comadre Luz Elena es española, ella dice que azado se escribe con "z".

PROFESOR ESTANISLAO: *(Muy alterado)* ¡Cuquita! ¿Qué vamos a hacer con usted?

MARIANA: ¡Tranquilo, profesor, no se altere! *(Lo sienta).* Es más, le voy a traer un buen café de grano y unas enchiladas potosinas, y todo por cuenta de la casa.

PROFESOR ESTANISLAO: *(Calmándose, se seca el sudor de la frente).* ¿De verdad?

DOÑA CUQUITA: *(Alterada)* ¿Qué?

MARIANA: Sí, para que vea que aquí sí nos preocupamos por nuestros clientes.

PROFESOR ESTANISLAO: Con gusto acepto.

(Sale Mariana a preparar la orden y Cuquita sale detrás de ella enojada y reclamándole, van discutiendo).

FIN

Tadeo Padua Mata
Julio de 2015

LA MAESTRA QUE SE DUERME
(Obra corta en 2 escenas)

PERSONAJES:

MAESTRA GOYITA (*Su edad es indefinida, puede ser representada tanto por alguien joven así como por alguien mayor. Tiene muchos accesorios: collares, pulseras y anillos. Viste falda y blusa tipo norestense, cabello recogido*).

MARTÍN (*Niño, alumno de la maestra Goyita, ataviado con uniforme escolar*).

PROFESOR PLUTARCO (*El director de la escuela*).

MAMÁ DE MARTÍN (*Mujer jovial, a la moda, presuntuosa*).

ESCENA I

(*Este es el primer* sketch *que se realiza en el Instituto Ignacio Allende. El escenario es un salón de clases tradicional: tiene su pizarrón, globo terráqueo, carteles con las tablas de multiplicar, el abecedario, un estante con libros, el escritorio y algunos pupitres. Aparece la maestra Goyita dormida en su escritorio, está roncando. Su único alumno, Martín, la mira con desdén desde su banco, donde tiene una libreta y un lápiz. Entra el profesor Plutarco*).

PROFESOR PLUTARCO: *(Autoritario)* ¿Otra vez dormida, profesora Goyita?

MAESTRA GOYITA: *(Se despierta con la llamada de atención, muestra un rosario que sostiene en las manos).* Y bendice a mi alumno para que pueda pasar su examen de historia y al director de la escuela, el profesor Plutarco, amén.

PROFESOR PLUTARCO: *(Sarcástico)* ¿Así que estaba rezando?

MAESTRA GOYITA: Sí, maestro, y ya me vino a interrumpir.

PROFESOR PLUTARCO: Como la vez que me dijo que estaba descansando los ojos, o antier que meditaba, o la semana pasada qu'esque se acababa de poner unas gotas. Maestra, no se quiera pasar de lista conmigo, sé muy bien que usted se duerme. ¡Si los padres de familia se enteran, van a venir a amonestarnos de la Secretaría de Educación!

MAESTRA GOYITA: Óigame, óigame, no ande tergiversando los hechos. Una cosa muy diferente es que me quede dormida y ronque así *(hace la representación)*, y otra muy diferente es descansar los ojos. ¡Martín! El director dice que yo me quedo dormida. Dile, dile lo que hicimos ayer en clase.

PROFESOR PLUTARCO: A ver, Martín, ¿qué actividades hicieron el día de ayer?

MARTÍN: *(Se pone de pie).* ¿Ayer? *(Se pone a recordar).* Pues, ayer, llegó la maestra, abrió su libro y apoyó los codos en el escritorio como si fuera a leer y luego se quedó dormida…

MAESTRA GOYITA: *(Indignada)* ¡Martín!

PROFESOR PLUTARCO: No lo interrumpa, maestra. Y dígame, por favor, muchacho, ¿cuál era la clase que iban a ver?

MARTÍN: Tocaba Cívica y Ética, pero ya no hicimos nada.

MAESTRA GOYITA: No, no, maestro, se están confundiendo. Lo que pasa es que yo cierro los ojos tantito, pero luego, luego los abro.

PROFESOR PLUTARCO: Ya me habían advertido de sus artimañas, profesora. La maestra Mirta, directora de la secundaria del municipio de Parás, no la baja de remolona y holgazana.

MAESTRA GOYITA: *(Sorprendida)* ¿Eso dijo la maestra Mirta de mí?

PROFESOR PLUTARCO: Así es, y no se equivocó nadita. ¿Pues cómo es allá el modo de trabajar?

MAESTRA GOYITA: Nombre, profesor Plutarco, allá todo es bien relajado, usted aquí nos pone harto trabajo. Allá en el municipio de Parás yo llegaba a mi salón, pasaba lista, cerraba los ojos tantito y, para cuando los abría, ¡no cree que ya estaba sonando el timbre del recreo!

PROFESOR PLUTARCO: *(Abrumado, se pone la mano en la frente).* ¡Con razón la transfirieron! A ver, Martín, ¿tú dices en tu casa que la maestra Goyita se duerme?

MARTÍN: Sí.

PROFESOR PLUTARCO: *(Alarmado)* ¡Ay, no! ¡Ya veo venir las demandas de los padres de familia! ¡La Secretaría de Educación nos va a venir a cerrar el congal!

MAESTRA GOYITA: ¡Cálmese, maestro! Yo soy decente, no soy una mujer de "dudosa reputación" para que ande comparando esta escuela con un congal. ¡No exagere! Y dime, Martín, ¿qué te dicen en tu casa porque me duermo?

MARTÍN: Pues mi mamá dice que mejor ya se traiga el colchón…

MAESTRA GOYITA: ¡Ahí ta, ahí ta! Si le dicen eso es porque creen que el niño está jugando…

PROFESOR PLUTARCO: *(Muy serio)* ¡Profesora Goyita! ¡Voy a tener que tomar medidas…!* (Goyita le da algo en la mano a Plutarco).* ¿Y esto?

MAESTRA GOYITA: Pues dijo que va a tomar medidas, ahí tiene la cinta de medir.

PROFESOR PLUTARCO: *(Mostrando la cinta).* ¡Ah, payasita! ¡Voy a tomar medidas drásticas! Va a ver, ¿eh? ¡Va a ver!

MAESTRA GOYITA: *(Insolente)* Así le dijeron al ciego y nunca vio.

PROFESOR PLUTARCO: *(Aguantándose el coraje).* Me retiro, profesora Goyita. Espero realice sus labores como debe de ser. Con permiso. *(Sale).*

MAESTRA GOYITA: Bien, Martín, creo que has visto demasiado, pero en fin, después de la intervención del director de nuestra escuela hay que seguir trabajando. Abre tu libro de historia en la página cuarenta y uno, vamos a ver la conquista de Hernán Cortés. Lees el capítulo y luego haces un resumen de lo más importante, que yo me voy a poner mis lentes para vigilarte celosamente desde mi asiento. *(Se pone unos lentes de broma con ojos dibujados).*

MARTIN: ¡Ay, maestra!

(OSCURO)

ESCENA II

(Aparece la maestra Goyita en el escritorio, tal y como se quedó en la escena anterior, dormida y con sus lentes con ojos. Está roncando. De pronto, entra Martín corriendo).

MARTÍN: *(Gritando)* ¡Maestra, maestra!

MAESTRA GOYITA: *(Se despierta atolondrada).* ¡Yo no fui, yo no fui, no disparen!

MARTÍN: ¡Tranquila, maestra! ¡Soy yo, Martín!

MAESTRA GOYITA: ¡Ay, Dios! ¡Es que estaba teniendo una pesadilla! Soñé que yo era la reina de la Revolución mexicana y que me iban a fusilar...

MARTÍN: ¡Maestra, déjese de cosas! ¡Es que fíjese, lo que acaba de pasar, que está pasando ahora, déjeme contarle, es que mire...!

MAESTRA GOYITA: *(Ansiosa)* ¿Qué cosa? ¡Dime!

MARTÍN: Es que usted tiene que saber que mi ma... m-mi ma... mi-mi ma...

MAESTRA GOYITA: *(Le pega al escritorio con un libro).* ¡Apergatado este! ¿Pos qué traes?

MARTÍN: *(Reacciona)* ¡Es que mi mamá vino a hablar con el director de la escuela y alcancé a escuchar que ya la van a correr!

MAESTRA GOYITA: ¡Ay, Dios mío! *(Nerviosa)* Bien, ¿qué haremos? Saca tu cuaderno y tu libro de historia y vamos a hacer un cuestionario...

(Entra la Mamá de Martín junto con el director Plutarco).

MAMÁ DE MARTÍN: *(Va sobre la maestra).* ¿Así que usted es la huevona que le da clases a mi hijo?

PROFESOR PLUTARCO: *(Deteniéndola)* ¡Señora, permítame, déjeme hablar primero. *(Se va directo con Goyita).* ¡Lo ve! ¡Le dije que vendrían las demandas de los padres de familia! Hoy es una, mañana tendremos encima a cientos. Vendrá la inspectora, los de la SEP, harán una investigación... Y todo por sus fruslerías.

MAESTRA GOYITA: ¡Pérenme, pérenme, yo no soy quien ustedes piensan, yo soy una persona trabajadora y retacada!

PROFESOR PLUTARCO: Dirá "recatada".

44

MAESTRA GOYITA: *(Digna, ponderosa)* No, no me dejó terminar: retacada de decencia.

MAMÁ DE MARTÍN: *(Molesta)* Dejen de perder el tiempo, estoy aquí porque usted no hace bien su trabajo. Siempre que llega mi hijo de la escuela me dice que no le encargaron tarea, le he revisado las libretas y las tiene en blanco. Pensé que era él, que no entraba a clase, y cuando le pregunto me dice que usted nomás viene a dormirse al salón y que siempre tiene mucho sueño.

(Martín está nervioso, mirando de un lado a otro).

MAESTRA GOYITA: Déjeme informarle que a mí ya casi no me da eso del sueño…

PROFESOR PLUTARCO: Le advertí de su conducta, profesora. ¡Ay, no, ya me imagino lo que dirá la prensa mañana!

MAMÁ DE MARTÍN: Ya verá, director Plutarco, yo me voy a encargar de comunicar esto a todos los medios y ahorita mismo voy a hacer un en vivo en mi Facebook para quemar a esta escuela de quinta.

PROFESOR PLUTARCO: ¡No, señora, sea prudente! ¡Ya los veo venir! ¡*El Norte*, *El Porvenir*, el *Metro*, la *Alarma*, *El Horizonte*, *El Sol*…!

MAESTRA GOYITA: ¡Buenas!

MARTÍN: ¡Lotería!

MAMÁ DE MARTÍN: ¡Mijito, no! ¿Qué les pasa?

PROFESOR PLUTARCO: Ya me imagino los titulares con María Julia: "Cierre de escuela por profesora incauta, la maestra se echaba sus coyotitos en clase".

MAMÁ DE MARTÍN: Ya verán. Los voy a hundir con todo el dinero que tengo.

MAESTRA GOYITA: *(Se va poniendo sus lentes con ojos).* Yo los dejo discutir, ahí arréglense ustedes *(bosteza)* que yo voy a aprovechar para descansar los ojos.

(Se queda dormida y ronca, los demás solo la miran, perplejos).

MARTÍN: ¡Ay, maestra!

FIN

Tadeo Padua Mata
Agosto de 2015

Recordando el colegio

PERSONAJES:

MAESTRA GOYITA
MARIANA *(Vestuario de mesera).*
PROFESOR ESTANISLAO

(Aparece la maestra Goyita en una mesa de la cafetería El Refugio, dormida con sus lentes con ojos. Llega Mariana, lleva una revista en la mano).

MARIANA: *(Le pega a la mesa con la revista).* ¡No se duerma, maestra!

MAESTRA GOYITA: *(Despierta atolondrada)* ¡Sí, sí, sí, sí, director Plutarco, ahorita le llevo la planeación…!

MARIANA: ¡Cálmese, maestra, no está en el colegio, estamos en la cafetería.

MAESTRA GOYITA: *(Mirando alrededor y cambiándose los lentes).* Ah, sí, verdad… es que ya estoy escamada, ese director Plutarco nos tiene siempre con harta chamba.

MARIANA: *(Nostálgica)* Cómo me acuerdo de mi director, siempre bien estricto, él.

MAESTRA GOYITA: Y no ha cambiado nada, Mariana. Por cierto, ¿en qué año te di clase, en quinto o en sexto?

MARIANA: Acuérdese, en sexto, y el maestro Estanislao, en quinto.

MAESTRA GOYITA: Sí, es cierto. A propósito de que lo mencionaste, ¿no ha venido Estanislao por aquí?

MARIANA: ¿Qué si no ha venido, pregunta? Si aquí vive, no ha de tardar en caer. Déjeme decirle, aquí entre nos, que mi mamá no lo aguanta…

MAESTRA GOYITA: ¿En serio? ¿Mi comadre Cuquita no lo quiere?

MARIANA: De verdad, está de que no lo tolera, siempre anda hablando mal de él: que se alucina, que es conflictivo, en fin…

(Entra Estanislao).

PROFESOR ESTANISLAO: *(Galante)* Hola, buenas tardes…

MAESTRA GOYITA: ¡No te vas a morir pronto!

MARIANA: Justo estábamos hablando de usted, qué coincidencia…

PROFESOR ESTANISLAO: Seguramente muy mal, me imagino.

MARIANA: ¡Ay, profe, usted siempre tan bromista! Tome asiento, la maestra Goyita ya lo estaba esperando.

PROFESOR ESTANISLAO: Gracias, Mariana. *(Se sienta).*

MARIANA: De una vez díganme qué les voy a traer. *(Saca su comanda para apuntar).*

MAESTRA GOYITA: A mí un chocolatito caliente, hija…

MARIANA: Ay, maestra, qué pena, fíjese que el chocolate se acaba de acabar…

MAESTRA GOYITA: ¡Qué barbaridad! ¿Tú qué vas a pedir, Tanis?

MARIANA: *(Robándole la palabra a Estanislao).* Calmao, profe, no vaya a pedir algo muy estrafalario, ya sabe que esta cafetería es sencilla…

PROFESOR ESTANISLAO: Hoy vengo en buen plan, solo tráeme café. Realmente vengo para platicar con Goyita, pues parece que el chisme que trae está bien bueno.

MARIANA: *(Apunta).* Café, para el profe Tanis.

PROFESOR ESTANISLAO: Pero por favor, Mariana, conecta la cafetera. ¿Qué te cuesta? Ya ves que la vez pasada tu mamá me trajo el frasco de café de la Soriana.

MARIANA: No se preocupe, hoy no está mi mamá, así que lo puedo pasar hasta la trastienda *(seductora),* para que vea con sus propios ojos que le puedo preparar un muy buen café…

PROFESOR ESTANISLAO: *(Avergonzado, entre suspiros).* Ay, Marianita…

MAESTRA GOYITA: ¡Mariana!

MARIANA: ¡Ay, maestra! Solo estoy hablando del café…

MAESTRA GOYITA: Más te vale.

MARIANA: ¿Se decidió a ordenar?

MAESTRA GOYITA: Yo creo que un jugo de toronja, bien helado, con harto hielo, estaría bien.

MARIANA: ¡Ay, maestra, qué pena con usted! Nomás le ando quedando mal. Fíjese que el jugo de toronja también se acaba de acabar.

PROFESOR ESTANISLAO: ¿Por qué no pides café, Goyita? No te compliques.

MAESTRA GOYITA: ¡Ay, Estanislao! No me lo has de creer, pero el café me quita el sueño…

PROFESOR ESTANISLAO: *(Sarcástico)* ¿De veras? Y como tú batallas tanto para dormir…

MAESTRA GOYITA: ¿Cómo dices?

PROFESOR ESTANISLAO: *(Titubea, cambia de tema).* Quise decir que lo pidas descafeinado…

MAESTRA GOYITA: Pues sí, no me va a quedar otro remedio. Un café descafeinado, Mariana, por favor.

MARIANA: Ay, maestra… fíjese que el café descafeinado…

MAESTRA GOYITA Y PROFESOR ESTANISLAO: *(Mirándose)* ¡Se acaba de acabar!

MARIANA: No, sí hay. *(Se dirige rumbo a la cocina)*. Ahorita regreso con los cafés.

PROFESOR ESTANISLAO: Ahora sí cuéntame, Goyita, ¿qué dice el Plutarco, cómo les va en el prestigioso Instituto Ignacio Allende?

MAESTRA GOYITA: Ay, Estanislao, tengo que confesarte que desde que te retiraste el colegio no es lo mismo sin ti.

PROFESOR ESTANISLAO: No empieces con esas cosas.

MAESTRA GOYITA: Yo nomás digo la verdad. Ese Plutarco nomás anda encima de uno, quiere todo a la de ya. Que si la planeación, que si la asamblea, que si los honores a la bandera, las kermeses, los festivales escolares… Muncho trabajo.

PROFESOR ESTANISLAO: ¿Por qué crees que le renuncié al viejo? Me cargaba la mano, ahí me tenía llenando todos los formatos que manda la SEP y mandando memorándums y comunicados, y ve con la inspectora, y ve a Región, puras cosas que le tocan al director y él sí, sentado en su oficina cómodamente. Nomás se la pasaba contando el dinero de la cafetería de la escuela…

51

MAESTRA GOYITA: Y de las cotas. *(Hace seña de dinero).*

PROFESOR ESTANISLAO: ¡Sí! Y él bien tranquilo y muy fresco con su aire lavado y los salones ni medio abanico de techo tenían.

MAESTRA GOYITA: Pues ahora déjame decirte que ya compró abanicos de pedestal, Estanislao.

PROFESOR ESTANISLAO: *(Sarcástico)* ¿No me digas, de tres aspas?

MAESTRA GOYITA: No, de cuatro. ¡Vamos progresando!

(Llega Mariana con las tazas de café).

MARIANA: *(Nostálgica)* ¡Qué bonito ver juntos a mis dos maestros favoritos del colegio, cuántos recuerdos!

PROFESOR ESTANISLAO: La verdad, sí.

MARIANA: La maestra Goyita, que siempre se quedaba dormida.

PROFESOR ESTANISLAO: ¡Qué novedad!

MAESTRA GOYITA: *(Sorprendida)* ¿Yo?

MARIANA: ¡Maestra, hasta se ponía el libro en la cara para taparse!

MAESTRA GOYITA: No, mija, andas mal. ¡Eso nunca pasó!

PROFESOR ESTANISLAO: Ay, Goyita…

MAESTRA GOYITA: No, Tanis, me está confundiendo. Yo nomás cierro los ojos tantito, pero luego, luego los abro.

PROFESOR ESTANISLAO: Sí Goyita, yo te creo. Llevas diciendo eso mismo desde que nos conocimos, allá por el 81, en la secundaria de Parás, con la maestra Mirta.

MAESTRA GOYITA: ¡Ay, la maestra Mirta, bien buena ella! ¿Qué crees que le habló a Plutarco para decirle que yo era una remolona?

PROFESOR ESTANISLAO: Goyita y la carabina de Ambrosio.

MARIANA: Yo los dejo para que platiquen a gusto. Y, profe Tanis… *(seductora)* lo que necesite, ya sabe, lo voy a estar esperando en la trastienda…

PROFESOR ESTANISLAO: *(Entre suspiros, tímido).* ¿Eh… en… la trastienda?

MAESTRA GOYITA: ¡Ya! No se hagan, ustedes, no estoy mensa… aquí no pasa nada. Miren, yo me voy a poner mis lentes y me voy a echar un sueñito… Aquí los espero… *(Se pone los lentes y hace como que se duerme).*

PROFESOR ESTANISLAO: *(Se pone de pie y toma a Mariana, la lleva al frente).* ¡Vámonos rápido, que esta noche cena Pancho!

MARIANA: *(Emocionada)* ¡Sí, sí, sí!

(Salen los dos hacia la trastienda).

MAESTRA GOYITA: *(Espera a que salgan completamente y se quita los lentes).* ¡Coscolinos estos! *(Se dirige lentamente a la trastienda para escuchar).*

FIN

Tadeo Padua Mata
Agosto de 2015

Compartiendo anécdotas

PERSONAJES:

PROFESOR ESTANISLAO

PROFESORA EUFEMIA *(Mujer elegante, de buen ver, muy arreglada, fresa hasta en su forma de hablar, también es maestra del Instituto Ignacio Allende, pero aquí no se menciona).*

(La escena se desarrolla en una avenida cualquiera. Puede haber algunos elementos como una señal de alto o la nomenclatura de un cruce de calles. Aparece Eufemia, preocupada, como esperando a alguien o un taxi. Llega Estanislao).

PROFESOR ESTANISLAO: *(Sorprendido)* No puedo dar crédito a lo que ven mis ojos: Eufemia de la Garza Güera en persona.

PROFESORA EUFEMIA: *(Emocionada)* ¡No! ¡*Oh, my God*! ¡Pero si es Estanislao Rockefeller Kalifa de Jardán!

PROFESOR ESTANISLAO: *(Aclarando)* ¡Y Treviño! *(Gustoso)* ¡Qué sorpresa tan más grata encontrarte!

PROFESORA EUFEMIA: Lo mismo digo, ya tanto tiempo sin verte. ¿Qué estás haciendo por aquí?

PROFESOR ESTANISLAO: Vengo de la cafetería El Refugio, que está en el centro, la que por cierto no te recomiendo para nada. La que "desatiende" es una antigua mujer cascarrabias conocida como doña Cuquita...

PROFESORA EUFEMIA: *(Indignada)* ¿Cuquita? ¡Que improperios dices, Estanislao! O sea, fuera de lugar tu comentario, quiero que sepas que esa mujer de la que tan mal te expresas es nada más y nada menos que mi queridísima y adoradísima comadre Cuquita.

PROFESOR ESTANISLAO: ¡Válgame!

PROFESORA EUFEMIA: *(Dramática)* Yo te respetaba, Estanislao, es más, estaba esperando un taxi para ir para allá, y te iba a invitar, te iba, pero ya no. *(Le voltea la cara, indignada).*

PROFESOR ESTANISLAO: ¡Discúlpame, Eufemia, no tenía idea!

PROFESORA EUFEMIA: *(Dándole la espalda).* No te molestes, si quieres habla con mi mano. *(Le muestra una de sus manos).*

PROFESOR ESTANISLAO: ¡Eufemia!

PROFESORA EUFEMIA: ¡Aquí está la mano!

PROFESOR ESTANISLAO: ¡Eufemia!

PROFESORA EUFEMIA: ¡Mano! *(Se la restriega en la cara).*

(Estanislao se retira al otro extremo del escenario, dejan pasar unos segundos, ambos actitud de berrinche).

PROFESORA EUFEMIA: *(Cede y se acerca).* ¿Estanislao?

PROFESOR ESTANISLAO: *(Sin verla).* ¡Habla con mi mano! ¡Ándale, para que veas lo que se siente!

PROFESORA EUFEMIA: *(Ruega).* ¡Estanislao, perdóname! *(Lo jalonea del traje).* ¡Ándale, ándale, ándale! ¿Sí?

PROFESOR ESTANISLAO: Está bien, pero no me arrepiento de lo que dije. Tu comadre no me quiere, nunca me ha atendido bien.

PROFESORA EUFEMIA: NTP, no te preocupes, yo voy a hablar con ella, es mi beffis, no lo olvides. Y perdona, es que ando algo alterada, hoy no ha sido mi día.

PROFESOR ESTANISLAO: ¿Qué pasó? ¡Cuéntame!

PROFESORA EUFEMIA: Mira, primero se me descompuso el carro, luego mi celular se quedó sin batería, no traía cambio, resulta que el cajero automático me dio puros billetes de a mil. *(Los saca de su bolsa, presumiendo).*

PROFESOR ESTANISLAO: Ah, OK. ¿Y qué hiciste?

PROFESORA EUFEMIA: Que me agarro caminando toda Calzada San Pedro y luego toooodo Vasconcelos…

PROFESOR ESTANISLAO: ¿Todo eso a pie?

PROFESORA EUFEMIA: *(Sarcástica)* No, volando… Obvio que a pie. ¿Estanislao, por qué haces preguntas tan tontas?

PROFESOR ESTANISLAO: Perdón, continúa.

PROFESORA EUFEMIA: Llegué a un lugar muy extraño, una colonia muy feíta, se llamaba Tan Poquito, o no sé cómo…

PROFESOR ESTANISLAO: Ah, el Barrio Tampiquito.

PROFESORA EUFEMIA: ¡Ay, pues como se llame! El caso es que me encontré con un viejo horrible…

PROFESOR ESTANISLAO: ¡Y te asaltó!

PROFESORA EUFEMIA: ¡No, qué miedo!

PROFESOR ESTANISLAO: ¡No me digas que quiso abusar de ti!

PROFESORA EUFEMIA: ¡No, tampoco!

PROFESOR ESTANISLAO: ¡Entonces te quiso vender drogas!

PROFESORA EUFEMIA: ¡No! Y ya déjame hablar, gárgola del Lonje Moco. Solo te puedo decir que ¡fue horrible, fue horrible!

PROFESOR ESTANISLAO: *(Imperante)* ¿Qué te hizo? ¡No me dejes en ascuas!

PROFESORA EUFEMIA: Perdón. El individuo ese vendía aguas frescas y yo con tanta sed que tenía por tanto caminar, con el solazo…

PROFESOR ESTANISLAO: ¿Qué hiciste?

PROFESORA EUFEMIA: Le quise comprar un vaso de agua, pero el desgraciado, con sus manos puercas y llenas de mugre… ¿No crees que mete mano?

PROFESOR ESTANISLAO: *(Indignado)* ¿Pero cómo? ¿No hubo manera de que opusieras resistencia?

PROFESORA EUFEMIA: No. Ese viejo tan horroroso y sinvergüenza, sin importarle que yo lo estuviera viendo metió la mano completa… al vitrolero con agua para llenar mi vaso.

PROFESOR ESTANISLAO: Ay, Eufemia, creí que hablabas de otra cosa…

PROFESORA EUFEMIA: ¿Pues en qué estabas pensando, Estanislao?

PROFESOR ESTANISLAO: No, no, solo pensé que lo sucedido había sido más grave…

PROFESORA EUFEMIA: ¿Y no lo es? Ay, Estanislao, qué poco considerado eres, cero estrellas para ti, todavía de que me disculpo, no. ¡*Bye* contigo, habla con mi mano! *(Le muestra la mano nuevamente y sale).*

PROFESOR ESTANISLAO: ¿Otra vez? ¡Eufemia, no seas sí! *(Se va detrás de ella).*

FIN

Tadeo Padua Mata
Agosto de 2015

DON TEO Y EUFEMIA
(*Variación de* Don Juan y el Profesor Estanislao *solo sustituyendo a los personajes*)

PERSONAJES:

DON TEO (*Hermano de doña Cuquita. Es hombre de edad avanzada, está encorvado. Lleva vestuario de mesero, puede traer tirantes y su respectivo mandil*).

PROFESORA EUFEMIA (*Vestida elegante*).

(*Es la cafetería El Refugio aparece don Teo recargado en algún lugar, una columna o una pared, o la barra del restaurante. Está fumando despreocupadamente*).

DON TEO: (*Suspira hondo*) Ha estado muy solo todo el día. ¿Por qué será que ya nadie viene a verme? Pobre de mí, soy solo un lúgubre anciano esperando la muerte, eso será lo mejor, dejar este mundo para ya no dar molestias a nadie…

(*Entra Eufemia con sexy andar, puede haber alguna música de fondo de apoyo para marcar su entrada. Don Teo la mira con entusiasmo*).

PROFESORA EUFEMIA: ¿Qué tal, don Teo, cómo le va?

DON TEO: *(Contento)* ¡Excelente porque llegó usted, doña Eulogia!

PROFESORA EUFEMIA: ¡Ay, don Teo! Siempre lo mismo con usted. En primera me llamo Eufemia, y en segunda no me diga "doña", soy maestra y además señorita.

DON TEO: Porque usted quiere.

PROFESORA EUFEMIA: *(Indignada)* ¿Qué?

DON TEO: *(Titubea)* Eh… Eh, quise decir que me anda fallando la memoria últimamente, pues a mi edad usted comprenderá.

PROFESORA EUFEMIA: ¡Bah! *(Toma asiento)* Ya sabe, vengo a disfrutar mi café y a pasar la tarde conversando con mi adorada comadre Cuquita…

DON TEO: Oiga, ¿sabe qué, maestra Eutimia?

PROFESORA EUFEMIA: Eufemia, don Teo, Eufemia.

DON TEO: Perdón, perdón, maestra Eufemia, es que, ¿sabe qué?

PROFESORA EUFEMIA: *(Exagerada)* ¡No! No me diga que se acaba de ir… ¡Mi vida es una verdadera tragedia! ¡Toda la odisea que tuve que pasar, tantos obstáculos y este andar tan accidentado para poder llegar aquí, desde mi residencia en la del Valle…!

DON TEO: ¿Verde?

PROFESORA EUFEMIA: ¡Por supuesto que no! La del Valle en San Pedro. Yo con tantas ganas de venir a ver a mi comadre y ¿para qué? Para que me diga que en plan de mala amiga no me esperó y se fue, la muy desgraciada.

DON TEO: ¡No sea dramática, maestra Eufrasia!

PROFESORA EUFEMIA: ¡Eufemia, don Teo! Ya apréndaselo, por favor, lo voy a regresar a la escuela para ponerlo a hacer planas con mi nombre.

DON TEO: ¡No se exalte, que me va a dar! *(Hace como que le falta el aire).* ¡Ay, me va a dar!

PROFESORA EUFEMIA: *(Asustada)* ¿Qué le va a dar?

DON TEO: *(Confundido)* Ay, pues... no sé. *(Respira normal).* ¡Pero de que me va a dar algo, me va a dar!

PROFESORA EUFEMIA: ¡Ay, don Teo, no sea payaso! Mejor dígame por favor sobre el paradero de mi comadre.

DON TEO: ¡Ah, sí, sí, sí! Mire, déjeme le cuento, le informo, le notifico, le platico, le comento, le hago saber: vino mi hermana, sí, lo recuerdo bien y me dijo y yo le dije y ¡que me dice! Y ¡que le digo! Y sí, así fue.

PROFESORA EUFEMIA: ¿Acaso está jugando con mi inteligencia? ¿Cree que estoy idiota o qué? ¿Quién se cree, Cantinflas o Adela Micha con tanto sinónimo?

DON TEO: ¿Qué? ¿Adela Micha? ¿Acaso no le resultó provechosa mi explicación, maestra Emérita?

PROFESORA EUFEMIA: *(Desesperada, le grita).* ¡Por vigésima vez! **EUFEMIA.** Y no, no me resultó nada provechosa su explicación. Además, aquí todo está fatal.

DON TEO: ¿Ah, sí? ¿Y por qué?

PROFESORA EUFEMIA: Para empezar, no me ha sabido explicar dónde está mi comadre Cuquita, y otra cosa, el servicio es malo, ni siquiera me ha traído café. Exijo una aclaración, o mínimo un buen servicio de su parte.

DON TEO: ¿De ahí?

PROFESORA EUFEMIA: No ande de sarcástico, eso a mí para qué me sirve... Me refiero a un buen servicio de parte de todo de usted.

DON TEO: *(Se decepciona).* ¡Ay, ya me había emocionado! Pero ya, creo que ya tuve suficiente de usted. Usted nomás vino a que hiciera corajes y a enquehacerarme.

PROFESORA EUFEMIA: ¿Ahora resulta?

DON TEO: Sí, que si le cambio el nombre, que si mi hermana, que si me va a poner a hacer planas, que si Cantinflas... No, no, yo ya estoy muy viejo para andar aguantando cosas como estas. Mire *(señala la cocina)*, ahí en la cocina está la jarra de café, sírvase sola si quiere. *(Sale).*

PROFESORA EUFEMIA: ¿Que me atienda sola, yo, Eufemia de la Garza Güera?

DON TEO: *(Reacciona y se da la vuelta).* No, su abuelita...

PROFESORA EUFEMIA: *(Enfurecida)* ¿Qué dijo?

DON TEO: Quise decir que vamos a hacer algo para remediar todos los agravios. Déjeme decirle que la cuenta va por la casa.

PROFESORA EUFEMIA: ¿La cuenta? ¿Pero qué le pasa? Si ni he consumido.

DON TEO: Pues la cuenta ya está. ¡Así que gracias por su visita, vuelta pronto! *(La incita a salir del restaurante).*

PROFESORA EUFEMIA: ¡No!

DON TEO: ¡Tenga buen día, maestra!

PROFESORA EUFEMIA: ¿Pero y mi comadre?

DON TEO: ¡Gracias!

(Se van discutiendo hasta que salen los dos completamente de escena).

FIN

Tadeo Padua Mata
Febrero de 2015

La nueva conquista

PERSONAJES:

PROFESOR PLUTARCO
DOÑA CUQUITA
PROFESOR ESTANISLAO

(Es un día cualquiera en la cafetería El Refugio. Aparece el profesor Plutarco leyendo el periódico).

PROFESOR PLUTARCO: *(Leyendo en voz alta).* Según las encuestas, AMLO va a la cabeza, Anaya lo quiere rebasar y de Meade… mejor ni hablamos… Pero mi gallo, mi gallo es el Bronco. ¿Cómo ve, Cuquita? *(Al no obtener respuesta baja el periódico y se da cuenta de que no hay nadie, alza la voz).* ¡Cuquita! ¡Cuquita! ¡No puede ser que no haya quién atienda! *(Se levanta y recorre el escenario observando a su alrededor).* No… si esta cafetería está más sola que los eventos de Chema Lozano…

(Entra doña Cuquita).

DOÑA CUQUITA: ¿Qué trae, maestro, que anda grite y grite? Una no se puede ir cinco minutos porque el señor empieza a hacer berrinche.

PROFESOR PLUTARCO: ¡Ay, Cuquita! ¡Si me dejó hablando solo!

DOÑA CUQUITA: *(Altanera)* ¿Y Luego? Bueno, ¿va a querer más café o qué?

PROFESOR PLUTARCO: No estaría mal.

DOÑA CUQUITA: Pues me va a tener que esperar. No ha llegado mi hija la que me ayuda y ando sola en la cocina, así que aguánteme tantito que ahorita pongo la cafetera y le traigo su refil.

PROFESOR PLUTARCO: No hay cuidado, Cuquita, por usted puedo esperar el tiempo que sea necesario. *(Se pone de pie y como que la quiere abrazar).*

DOÑA CUQUITA: *(Lo esquiva).* No sea payaso, ahorita le traigo el café. *(Sale).*

(Plutarco vuelve al periódico. Entra Estanislao, y al ver a Plutarco se regresa, tratando de no hacer ruido).

PROFESOR PLUTARCO: ¡Ya te vi, Estanislao!

PROFESOR ESTANISLAO: Ya me di cuenta. *(Va y se sienta en otra mesa).*

PROFESOR PLUTARCO: ¿Dormimos juntos, o qué? ¡Ven a saludarme, canijo!

PROFESOR ESTANISLAO: *(Se acerca y se saludan con una especie de saludo secreto).* ¡Ah, qué Plutarco, no se te escapa nada! Oye, dime, ¿quién te está atendiendo?

PROFESOR PLUTARCO: La más nueva de mis conquistas.

PROFESOR ESTANISLAO: ¡Ay, Plutarco, nunca cambias! ¿Y ahora de quién se trata?

PROFESOR PLUTARCO: Pues quién ha de ser si no, doña Cuquita.

(Cuquita va entrando detrás de Estanislao con la jarra del café).

PROFESOR ESTANISLAO: *(Ríe estrepitosamente).* ¿Cuquita? ¿Nueva? ¡Ja, ja, ja, ja!

PROFESOR PLUTARCO: *(Le hace señas a Estanislao de que Cuquita está atrás).* Estanislao…

PROFESOR ESTANISLAO: Si esa es más antigua que nada… *(Cuquita le toca el hombro).* ¡Pérate! *(Le quita la mano, aún sin verla).* ¡Dicen, no me lo creas a mí, que esa señora fue mesera de la última cena! *(Sigue riendo).*

DOÑA CUQUITA: ¿Con que mesera de la última cena, eh?

PROFESOR ESTANISLAO: *(Se levanta, asustado).* ¡Doña Cuquita!

69

DOÑA CUQUITA: ¡Se le apareció el chamuco! ¿Verdad?

PROFESOR ESTANISLAO: *(Nervioso, fingido)* No, para nada… Todo esto es un malentendido, estoy hablando de otra Cuquita.

PROFESOR PLUTARCO: ¡Miente con todos los dientes!

PROFESOR ESTANISLAO: *(Apesadumbrado)* No me ayudes, manito…

DOÑA CUQUITA: Si no me esperaba menos, este viejo pelucón siempre sale con sus cosas. ¡No le saque, maistro Estanislado!

PROFESOR ESTANISLAO: Hay que reconocer que usted ya está entrada en años.

DOÑA CUQUITA: ¿Cómo se atreve? Si no están ustedes para saberlo, ni yo para contarlo, pero déjenme platicarles que el otro día fui a cenar al Pabellón Ciudadano con mi hija…

PROFESOR PLUTARCO: Oye, Estanislao, ¿a poco hay restaurantes en el Pabellón Ciudadano?

PROFESOR ESTANISLAO: ¡Claro que no! Esta señora es una ignorante, ni conoce nada. Seguramente ha de ser el Pabellón M.

DOÑA CUQUITA: ¡El que sea! ¡Y no me interrumpa, che viejo! Como les iba diciendo, fui a cenar a ese lugar tan finolis y el mesero que nos atendió le dijo a mi hija "SEÑORA" y a mí "SEÑORITA". ¿Por qué será? ¿Por qué será?

PROFESOR ESTANISLAO: *(Insolente)* Ha de ser porque le hacen el favor. ¿Por qué más?

PROFESOR PLUTARCO: *(Reprendiéndolo)* ¡Estanislao!

DOÑA CUQUITA: Se las estoy guardando, viejo senil, va a ver. *(Le sirve café a Plutarco y sale).*

PROFESOR ESTANISLAO: ¡Mira esta! ¡Se va así como sin nada y ni tiene la cortesía de preguntarme qué voy a querer!

PROFESOR PLUTARCO: *(Con pena ajena).* ¡Ay, Estanislao!

PROFESOR ESTANISLAO: Plutarco, mi pregunta es: ¿qué demonios le ves a esa señora?

PROFESOR PLUTARCO: Todo lo que tú no ves en ella.

PROFESOR ESTANISLAO: Ahí si me matas. ¿Y ya le has hecho saber lo que sientes? ¿La has invitado a salir o algo?

PROFESOR PLUTARCO: Lo que pasa, Estanislao, es que soy muy tímido… y no sé bailar…

PROFESOR ESTANISLAO: ¡Ah, qué joto!

PROFESOR PLUTARCO: ¡Estanislao! ¡Los insultos no son necesarios!

PROFESOR ESTANISLAO: Perdón, me dejé llevar. A lo que voy es que debes tomar otra actitud. Mira, como una vez profirió sabiamente Juan Escutia…

PROFESOR PLUTARCO: *(Extrañado)* ¿El niño héroe?

PROFESOR ESTANISLAO: ¡Ándale, ese! Dijo "Hay que ser aventados", ¡y se aventó!

PROFESOR PLUTARCO: Tienes razón. ¿Pero qué hago? ¿Por dónde empiezo?

PROFESOR ESTANISLAO: ¡Ya sé! ¡Cántale una canción! *(Se pone a pensar)*. Hay una muy bonita y muy romántica. ¿Te acuerdas de "O quizá simplemente le regale una rosa" de Leonardo Favio? ¿Te la sabes?

PROFESOR PLUTARCO: ¡Cómo no! ¡Todas las canciones de Leonardo Favio me las sé, es mi artista favorito!

PROFESOR ESTANISLAO: Muy bien, yo empiezo y tú haces el coro. ¿Estamos?

PROFESOR PLUTARCO: ¡Va!

PROFESOR ESTANISLAO: *(Cantando)* "Hoy corté una flor".

PROFESOR PLUTARCO: *(Cantando)* "Y me vio un policía".

PROFESOR ESTANISLAO: "Esperando a mi amor".

PROFESOR PLUTARCO: "En la comisaría".

PROFESOR ESTANISLAO: "Presurosa la gente...". ¡Un momento, un momento, así no va la letra, Plutarco!

PROFESOR PLUTARCO: ¿Ah, no?

PROFESOR ESTANISLAO: ¡No! *(Se detiene un momento a pensar).* Creo que el canto no es lo tuyo…

(Entra Cuquita).

DOÑA CUQUITA: ¿Qué onda con esos aullidos?

PROFESOR PLUTARCO: Dispénseme, doña Cuquita, es que estábamos en la clase de canto.

DOÑA CUQUITA: *(Sarcástica)* No quiero imaginarme el resto del alumnado… Pues ya me desocupé de la cocina, ahora sí, a ver, don Pelos, ¿qué va a querer?

PROFESOR ESTANISLAO: Yo creo que un jugo de toronja estaría bien.

DOÑA CUQUITA: Mmm… Fíjese que se acaba de acabar.

PROFESOR ESTANISLAO: Válgame Dios, entonces… *(Se detiene a pensar un momento).* Un agua mineral con limón.

DOÑA CUQUITA: ¿Agua mineral, dice?

PROFESOR ESTANISLAO: Sí.

DOÑA CUQUITA: ¡Ay, qué pena, maistro! Pero ya no andamos vendiendo, no me han traído, ora ya ve que salieron con eso de la escasez.

PROFESOR ESTANISLAO: Ni modo. Pues café, ya qué.

DOÑA CUQUITA: ¿Café?

PROFESOR ESTANISLAO: No me diga…

PROFESOR PLUTARCO Y PROFESOR ESTANISLAO: ¡Se acaba de acabar!

DOÑA CUQUITA: No, sí hay, pero para usted ochenta pesos la taza y sin refil.

PROFESOR ESTANISLAO: ¡No la friegue, Cuquita! ¡Qué abusiva! Está más barato en el Epicentro, con Gerardo Martínez…

DOÑA CUQUITA: Pues vaya al Epicentro. Acuérdese que aquí así es: "Atendemos bien mal y damos bien caro", y ya ve, usté cómo quiera sigue viniendo, nadien lo tiene aquí.

PROFESOR PLUTARCO: Le gusta la mala vida a mi compadre.

PROFESOR ESTANISLAO: *(Voltea a ver a Plutarco).* ¿Así vas a estar? *(A Cuquita)* Mire, tráigame el café, lo que valga, al fin de cuentas traemos con queso las de harina.

DOÑA CUQUITA: Perfecto. *(Se da la vuelta y se retira).*

PROFESOR ESTANISLAO: *(Susurrando en voz alta).* ¡Mesera antigua!

DOÑA CUQUITA: *(Se detiene y se regresa con Estanislao, molesta).* Usted no aprende, ¿verdad?

PROFESOR ESTANISLAO: *(Se pone de pie y va reculando).* ¡Cuquita! ¡Usted sabe que lo decía en broma!

DOÑA CUQUITA: ¡Broma, ni madres! ¡Ahora sí me va a conocer!

(Se empiezan a corretear alrededor del restaurante, Plutarco se pone en medio para controlar la situación).

PROFESOR PLUTARCO: ¡Tranquila, doña Cuquita!

DOÑA CUQUITA: ¡Es que ya me tiene bomba este viejo impertinente!

PROFESOR ESTANISLAO: ¡Si yo nomás digo la verdad!

PROFESOR PLUTARCO: ¡Estanislao, sosiégate!

DOÑA CUQUITA: ¿La verdad? *(Se detiene y se pone a modelar).* Si nada más miren todo esto. ¡Qué Ninel Conde, ni qué nada! Con decirles que el doctor con el que consulto desde hace treinta años me dice que estoy igual que hace treinta años.

PROFESOR PLUTARCO: ¿Entonces le dice que está bien buena?

DOÑA CUQUITA: Va incluido. ¡Ay, profesor! Usted sí es un verdadero caballero. *(Se deja caer en sus brazos).* No como Estanislao. ¿Profesor Plutarco? *(Lo mira detenidamente).*

PROFESOR PLUTARCO: *(Nervioso)* Dígame, doña Cuquita.

DOÑA CUQUITA: ¿Qué tal si me acompaña a la trastienda?

PROFESOR PLUTARCO: *(Titubea)* ¿A la trastienda?

DOÑA CUQUITA: *(Entre suspiros)* ¡Sí!

PROFESOR PLUTARCO: ¡Vámonos, qué el tiempo apremia! ¡Porque esta noche cena Pancho!

(Salen rápidamente, abrazados. Estanislao se vuelve a sentar para tomar el periódico).

PROFESOR ESTANISLAO: Conste. Luego que no diga que no lo ayùdé.

(OSCURO)

FIN

Tadeo Padua Mata
Febrero de 2018

Mi candidato favorito

PERSONAJES:

DOÑA CUQUITA *(Con escoba y paliacate amarrado a la cabeza).*
PROFESOR ESTANISLAO *(Con su traje, lleva una carpeta con papeles).*
DON CAYETANO *(Hombre norteño. Trae botas, sombrero, camisa a cuadros).*

*(Escenario de la cafetería **El Refugio**. aparece doña Cuquita barriendo).*

DOÑA CUQUITA: *(Renegando)* ¡Ay, no! ¡Estos comensales siempre me dejan el suelo bien puerco! Lo bueno es que es temprano y a esta hora no viene nadie, para poder hacer el aseo a mis anchas…

(Sigue barriendo y al poco tiempo entra Estanislao).

PROFESOR ESTANISLAO: ¡Buenos días, doña Cuquita!

DOÑA CUQUITA: *(Deja de hacer lo que hacía).* ¡Lo que faltaba! Mi primer cliente y tiene que ser usted.

PROFESOR ESTANISLAO: Cuquita, más respeto, por favor.

DOÑA CUQUITA: ¿Y ahora? ¿Se cayó de la cama, o qué onda?

PROFESOR ESTANISLAO: Mis asuntos no son de su incumbencia, mejor tráigame un café, por favor.

DOÑA CUQUITA: ¿Sabe qué, oiga?

PROFESOR ESTANISLAO: Ya va a empezar con sus cosas.

DOÑA CUQUITA: Lo que pasa es que se va a tener que esperar. Es muy temprano todavía y, como acabo de abrir, apenas voy a poner la cafetera.

PROFESOR ESTANISLAO: Ya qué. Me espero. Minutos más, minutos menos, de todas formas tengo que esperar a una persona.

DOÑA CUQUITA: Usted sabe. *(Sale).*

(Entra don Cayetano).

DON CAYETANO: ¿Qué onda, compadre?

PROFESOR ESTANISLAO: *(Se levanta para saludarlo).* ¡Cayetano! ¡Qué bueno que viniste! Siéntate, espero que la señora no se tarde mucho con el café.

DON CAYETANO: Eso es lo de menos. *(Toman asiento).* Estuve pensando lo que me platicaste y ya tomé mi decisión. Sí le voy a entrar.

PROFESOR ESTANISLAO: Excelente. Pues hay que comenzar con los preparativos, estamos muy a tiempo. *(Emocionado)* Haz hecho una muy buena elección, no hay mejor negocio que este.

DON CAYETANO: ¿En serio, Estanislao?

PROFESOR ESTANISLAO: Sí, en serio, ya lo tengo todo visualizado, porque aunque uno pierda como quiera se sale con algo de ganancia.

DON CAYETANO: ¿Seguro? Tengo mis dudas, pero lo quiero intentar, ya ves que dicen que el que no arriesga no gana.

(Entra Cuquita con las tazas de café y el servicio).

DOÑA CUQUITA: ¡Buenos días, don Cayetano! ¡Qué milagro que se deja ver!

DON CAYETANO: Aquí andamos, Cuquita, y gracias por el café.

DOÑA CUQUITA: Los estaba escuchando. Ahora, ¿qué negocio le ofreció el Pelucas?

PROFESOR ESTANISLAO: Cuquita, ya le dije que no ande de metiche. Qué afán de andarse metiendo en lo que no le importa.

DOÑA CUQUITA: Mire, maistro, usted y yo sabemos que no tiene ni un cinco en el banco, además de que perdió las ganancias de sus empresas por haber invertido en la UCREM.

PROFESOR ESTANISLAO: Ni me lo recuerde. *(Reacciona).* Un momento, un momento. ¿Cómo sabe todo eso?

DOÑA CUQUITA: Se pueden saber muchas cosas si uno pone atención a sus clientes.

DON CAYETANO: Cuquita, pues no está usted para saberlo, pero en vista de la información que acaba de compartir, le voy a decir que aquí mi compadre me ha propuesto entrarle como candidato para las elecciones venideras, teniéndolo a él como mi coordinador de campaña.

DOÑA CUQUITA: ¿Don Pelos? ¿Coordinador de campaña? *(Se ríe).* ¿Qué le pasa, don Cayetano? ¡Si el maistro no sabe nada de política!

PROFESOR ESTANISLAO: ¡Cuquita, ya es suficiente! Ahórrese sus calumnias. Es obvio que yo soy una persona muy preparada en todos los ámbitos, además de que cuento con amistades muy pesadas en el medio. Con decirles que la semana pasada fui a desayunar con Mauricio Fernández, Margarita Arellanes y el Bronco.

DOÑA CUQUITA: *(Sarcástica)* Pura finísima persona.

PROFESOR ESTANISLAO: ¡Claro!

DON CAYETANO: ¡Si mi compadre sabe! Anda bien respaldado. Y a ver, compadre, compártanos todo el conocimiento aprendido en una reunión como esa.

PROFESOR ESTANISLAO: *(Titubea)* Eh… sí, ríos de conocimiento, claro…

DOÑA CUQUITA: Estamos esperando, anciano.

PROFESOR ESTANISLAO: *(Nervioso)* Entre tanta información, lo que me ha quedado muy claro, después de una plática tan provechosa con las antes mencionadas figuras de la política de nuestro estado, es que para obtener la victoria en cualquier puesto, la gente tiene que votar por ti.

DOÑA CUQUITA: *(Sarcástica)* ¡Qué gran descubrimiento, Cristóbal Colón! Y a todo esto, ¿de qué se va a postular, don Cayetano?

DON CAYETANO: Ya lo decidí y quiero ir por la alcaldía de Villaldama.

PROFESOR ESTANISLAO: ¿Cómo que de Villaldama? Me decepcionas, compadre.

DON CAYETANO: ¿Pero por qué? Si soy bien conocido en el pueblo, ¡seguro la gano!

PROFESOR ESTANISLAO: No dudo que ganes, lo que me sorprende es tu baja expectativa. Ya te imagino el día de las elecciones orondo con tu triunfo por ser alcalde de diez cabrones...

DON CAYETANO: ¿Qué sugieres, entonces?

PROFESOR ESTANISLAO: Tú vas a ser el alcalde de la ciudad de Monterrey, ¡cómo chingados que no! Mira, y para que veas que ando con todo, me adelanté y ya hasta mandé hacer carteles y playeras con tu nombre. *(Saca de debajo de la mesa una caja de donde obtiene el cartel publicitario de Cayetano).*

DOÑA CUQUITA: ¡Qué guapo salió en la foto, don Cayetano!

PROFESOR ESTANISLAO: Y aquí están las playeras. *(Saca unas playeras de ahí mismo y las muestra también).*

DON CAYETANO: Oye, compadre, se me hace que te equivocaste, porque yo no me llamo "José Antonio Meade", yo soy Cayetano Rosado.

PROFESOR ESTANISLAO: *(Voltea para el ver la playera).* ¡Ay, no! ¡Me dieron el pedido equivocado en la maquiladora! *(Empieza a revisar las demás).* ¡Sí, todas son iguales, se me hace que al tal "Meade" le dieron las tuyas!

DON CAYETANO: ¿Las mías? ¿A qué horas? ¡Yo no me llevo así, Estanislao!

PROFESOR ESTANISLAO: ¡Las playeras!

DOÑA CUQUITA: ¡Ay, maistro Estanislado, como siempre regándola!

PROFESOR ESTANISLAO: ¡Cuquita! ¡Ya estuvo bueno, toda la mañana no ha dejado de estar jorobando! ¡Hágame el favor de dedicarse a su negocio y déjeme ver cómo soluciono el mío!

DOÑA CUQUITA: *(Burlona)* ¡Ay sí, ay sí! ¡Su negocio! *(Preponderante)* Para que vea, yo sí sé de la polaca. Yo fui asesora de imagen de Rodrigo Medina cuando fue gobernador y también la que le escribía los discursos a Maderito cuando fue alcalde.

DON CAYETANO: Oye, compadre, Cuquita ya me está convenciendo. ¿Cómo ve si la incluimos en nuestro comité?

PROFESOR ESTANISLAO: No, mano, a mí no me convence.

DON CAYETANO: Sí, estoy seguro de que sí la hacemos, Estanislao.

PROFESOR ESTANISLAO: Tú decide, tú eres el que va a ser candidato.

DON CAYETANO: *(Se pone de pie).* Doña Cuquita, usted ya me convenció. La quiero invitar a que forme parte de mi equipo de campaña.

DOÑA CUQUITA: *(Halagada)* ¿En serio, don Cayetano?

DON CAYETANO: ¡Claro! ¡Si ocupamos gente como usted! Y si yo gano, va de primera regidora.

DOÑA CUQUITA: Honor que me hace, no lo defraudaré. Ya hay que empezar a ponernos a trabajar.

DON CAYETANO: Pues empecemos.

DOÑA CUQUITA: Pero aquí no, don Cayetano, allá, en la trastienda...

DON CAYETANO: *(Extrañado)* ¿En la trastienda?

DOÑA CUQUITA: Sí, así en vez de ser primera regidora, tal vez llegue a primera dama...

DON CAYETANO: Qué ideas tan emocionantes tiene, doña Cuquita, pues vamos a esa famosa trastienda, ¡que esta noche cena Pancho!

(Salen de escena).

PROFESOR ESTANISLAO: ¡Ay, no! ¡Estos me van a salir peor que Peña Nieto y la Gaviota! *(Se queda tomando su café).*

FIN

Tadeo Padua Mata
Mayo de 2018

La tienda de antigüedades

PERSONAJES:

EL DUEÑO *(Hombre mayor, clásico vendedor, ropa de vestir, boina).*
LA CLIENTA *(Mujer joven, maquillada, vestuario casual).*
PROFESOR ESTANISLAO *(Con su traje gastado y su bastón).*

(La escena se desarrolla, como su nombre lo indica, en una tienda de antigüedades, libros viejos, cuadros, lámparas grandes, miscelánea. Aparece el dueño de la tienda detrás de un mostrador).

DUEÑO: *(Para sí)* ¡Nomás a mí se me ocurre hacerle caso a mi vieja y abrir esta tienda de antigüedades! De plano la regué. Cuando por fin logré pensionarme, lo primero que dije fue: "Ahora sí me voy a Europa". ¡Pero no! Tenía que salir la señora con sus cosas: "No gastes, pon un negocio", dijo, "Ya después nos vamos de viaje", me dijo, "Nos va a ir mejor", me dijo, "Te vas a divertir mucho", me dijo... ¡Y aquí estoy, mosqueándome, en esta funesta tienda donde no viene nunca nadie!

(Entra la clienta).

CLIENTA: ¡Hola, buenas tardes! Una pregunta, ¿aquí se venden antigüedades?

DUEÑO: *(Sarcástico)* ¿Aquí, en una tienda de antigüedades? No sabría decirle...

CLIENTA: Disculpe la molestia, buen hombre. *(Sale).*

DUEÑO: ¡No, espere! *(Va tras ella).* ¡Era una broma!

CLIENTA: *(Molesta)* ¿Una broma, en serio?

DUEÑO: Sí, una broma, un chascarrillo, un pequeño chistorete para romper el hielo...

CLIENTA: De muy mal gusto, por cierto. Debería tomarse más en serio su trabajo.

DUEÑO: Qué poco sentido del humor...

CLIENTA: *(Para sí, susurro en voz alta).* Y luego se quejan de que no viene nadie...

DUEÑO: *(Haciéndose como que no oyó).* ¿Cómo dice?

CLIENTA: Nada, nada... Es obvio entonces que sí vende antigüedades, ¿cierto?

DUEÑO: *(Plan de vendedor, habla rápido).* ¡Correcto! Tenemos una amplia variedad de artículos, aquí puede encontrar todo lo que usted desee. Tenemos lámparas antiguas, máquinas de coser, máquinas de escribir, velices, libros antiguos de autores desconocidos; en la otra habitación hay muebles y también contamos con artículos numismáticos y de la filatelia.

CLIENTA: *(Asimilando toda la información)*. ¿Neumáticos y de la Philadelphia? ¿Qué no ese es un queso?

DUEÑO: De ninguna manera, mi estimada amiga, lo que dije fue "numismática y filatelia".

CLIENTA: *(Extrañada)* ¿Numérica y filiatela?

DUEÑO: Mejor ahí la dejamos. Dígame, ¿en qué le puedo servir?

CLIENTA: Si vende antigüedades, entonces también compra.

DUEÑO: Le voy a ser franco, ahorita la mera verdad el negocio no está para comprar, tengo ya mucha mercancía, como puede ver... pero cómo dice Cri-Cri, el grillito cantor: *(Entona)*. "Cambio vendo y compro, compro vendo y cambio por igual".

CLIENTA: *(Continúa la canción)*. "¡Zapatos que vendan!". ¡Ay, qué bonito! *(Aplaude)*. Bueno, espéreme un momento, traje un artículo que quiero vender, pero lo dejé en el carro, no tardo. *(Sale)*.

DUEÑO: *(Resignado)* ¡No gano, pero cómo me divierto! Cómo decirle que no a una muchacha tan guapa como ella...

(Entra Estanislao apoyado en su bastón con su lento andar).

PROFESOR ESTANISLAO: ¡Buenas tardes, tardes buenas!

DUEÑO: *(Indiferente, no le da gusto la visita de Estanislao).* Buenas tardes, profesor. ¿Cómo le va?

PROFESOR ESTANISLAO: Aquí andamos…

DUEÑO: ¿Ahora no fue con Cuquita al café?

PROFESOR ESTANISLAO: Apenas voy, vine de pasada a darme la vuelta con usted, a ver si le había llegado mercancía nueva.

DUEÑO: ¿Nueva? ¡Si yo vendo antigüedades!

PROFESOR ESTANISLAO: Ya va a empezar a hacerse el gracioso.

DUEÑO: ¡Ay, maestro, qué agüitado!

PROFESOR ESTANISLAO: ¿Agüitado? Debería tomarse en serio su chamba y no andar de llevado con los clientes.

DUEÑO: Fíjese, qué curioso, es usted la segunda persona en decirme eso.

PROFESOR ESTANISLAO: Ándele, no ando tan errado, y dígame, ¿quién se lo dijo primero?

DUEÑO: Va entrando.

(Entra la clienta con un antiguo teléfono de disco que puede sustituirse por cualquier otro artículo al que se tenga acceso mientras se modifique cada parlamento respectivamente).

PROFESOR ESTANISLAO: *(Impresionado)* ¡Mamacita!

CLIENTA: *(Haciendo cómo que lo ignora, solo pone el teléfono sobre el mostrador).* Este es el teléfono que quiero vender, es muy antiguo y aún es funcional...

PROFESOR ESTANISLAO: *(Se acerca, coqueto).* ¡Buenas tardes, señorita!

CLIENTA: *(Solo responde por cortesía).* Buenas tardes.

DUEÑO: *(Se sale del mostrador y se atraviesa entre Estanislao y la clienta).* En un momento sigo con usted, profesor. *(A la clienta)* ¿Me decía del teléfono?

CLIENTA: Sí, quiero saber cuánto me puede dar.

DUEÑO: La verdad no sé mucho de este tipo de teléfonos, creo que voy a tener que llamar a un experto.

CLIENTA: Tal vez ese señor que está ahí pueda ayudarnos...

DUEÑO: ¿El maestro Estanislao? No. Él no es más que un cliente de esos que nomás vienen a ver y nunca compran nada.

PROFESOR ESTANISLAO: ¿Cómo que nunca compro nada? ¡Para empezar, este bastón que traigo te lo compré a ti!

DUEÑO: ¡Sí, pero hace como veinte años! ¿Cuándo ha vuelto a comprar algo, profesor?

CLIENTA: ¡No se peleen! Solo que diga si puede revisarlo o no.

DUEÑO: A ver, maestro, ¿sabe de este tipo de teléfonos?

PROFESOR ESTANISLAO: *(Lo observa).* Sí, claro que sí, soy conocedor.

DUEÑO: *(Burlón)* ¡Me supongo, usted es tan anciano que seguro conoció al que los inventó!

PROFESOR ESTANISLAO: Ya le voy a mandar a hacer sus tarjetas.

DUEÑO: ¿De qué?

PROFESOR ESTANISLAO: ¡De su *show*! ¡Si no la hace con el negocio este, ya de perdido se va de comediante!

CLIENTA: ¿Van a seguir discutiendo entre ustedes? Digo, para rentarles un cuarto...

PROFESOR ESTANISLAO Y EL DUEÑO: ¿Cómo?

DUEÑO: ¡Sáquese, yo no le hago a eso!

PROFESOR ESTANISLAO: Ni yo. Vamos a ponernos serios. Déjeme ver, permítanme un momento, primero me cambio de anteojos, de espejuelos, de mejoradores de vista, de lentes...

DUEÑO: ¡Ya, profesor! ¡Siempre pegándole a la Adela Micha!

PROFESOR ESTANISLAO: ¡Está bien, está bien! A ver. *(Toma el teléfono y lo inspecciona, hasta saca una lupa).* ¡Ah, sí! Aquí está:

1943 es el año de fabricación, y la marca es Bell. Seriado con el 0935, o sea que es de los primeros mil que se hicieron de este modelo, y además es muy bonito.

CLIENTA: ¿Y cuánto vale?

PROFESOR ESTANISLAO: Yo diría que ofreciéndoselo al cliente correcto, en el año y mes correctos y a la hora del día correcto, podría venderse por dos mil pesos.

CLIENTA: *(Emocionada)* ¡Excelente!

DUEÑO: ¡Sí, eso es por lo que yo lo vendería! Tengo que sacarle algo de ganancia. Yo le doy trescientos pesos.

CLIENTA: *(Decepcionada)* ¿Trescientos pesos?

PROFESOR ESTANISLAO: ¡Es muy poquito, no seas miserable!

CLIENTA: Deme mil quinientos por lo menos…

DUEÑO: ¡Es mucho dinero! Puedo subir mi oferta a setecientos y siento que me estoy arriesgando.

PROFESOR ESTANISLAO: Dale mil, ¿qué te cuesta? ¡De todas formas le vas a sacar el doble!

DUEÑO: ¡Maestro Estanislao, no se meta!

CLIENTA: ¡Ándele, mil!

DUEÑO: Ya ves, ¿para qué le das ideas?

CLIENTA: Sigo firme con los mil pesos.

DUEÑO: Está bien, mil pesos, es un trato. *(Se dan la mano).* Aquí tiene. *(Le da el dinero).*

CLIENTA: *(Emocionada)* ¡Gracias! Oiga, ¿maestro Estanislao?

PROFESOR ESTANISLAO: ¿Sí?

CLIENTA: ¿Le gustaría acompañarme a tomar un café? Yo invito.

PROFESOR ESTANISLAO: ¿En verdad? ¿Me estás invitando tú a mí?

CLIENTA: Las mujeres también podemos invitar. ¡Vamos!

PROFESOR ESTANISLAO: Y ¿quién soy yo para negarme? *(La toma del brazo y salen juntos).*

DUEÑO: No sé por qué… pero como que se me imagina que estos dos ya estaban puestos de acuerdo…

FIN

Tadeo Padua Mata
Octubre de 2018

NAVIDAD CON DOÑA CUQUITA Y EL PROFESOR ESTANISLAO
(Con dedicatoria especial a los miembros de La Real Academia de la Lengua Viperina*)*

PERSONAJES:

DOÑA CUQUITA
PROFESOR ESTANISLAO

(Es la cafetería, aparece Cuquita barriendo el negocio).

DOÑA CUQUITA: ¡Nomás a mí se me ocurre abrir el 25 de diciembre! La gente no viene estos días de fiesta, quieren estar con sus familias, con el tamal recalentado, acurrucaditos, juntitos, apeñuscados, como muéganos. Se me hace que nomás hago el aseo y cierro el café. Solo los desempleados, los solitarios o los alcohólicos son el tipo de clientela que puedo esperar que llegue en un día como este. Ni los de la Lengua Viperina se atreverían a reunirse el mero 25.

(Entra Estanislao).

PROFESOR ESTANISLAO: ¡Buenos días, Cuquita! ¡Feliz Navidad! *(Toma asiento familiarmente).*

DOÑA CUQUITA: *(Al cielo)* ¡Dios mío!, ¿por qué me castigas de esta forma? De todos los clientes, ¿por qué me tienes que mandar al ingrato de Valentino Clemente Ludovico?

PROFESOR ESTANISLAO: ¿Disculpe?

DOÑA CUQUITA: *(Sarcástica)* ¿Lo dije en voz alta? Perdóneme, maistro Estanislado.

PROFESOR ESTANISLAO: Algo que siempre me ha parecido inadecuado es su trato. Además, es una ofensa que me cambie el nombre...

DOÑA CUQUITA: ¡Ya va a empezar!

PROFESOR ESTANISLAO: Yo soy Estanislao Rockefeller Kalifa de Jardán y Almaguer.

DOÑA CUQUITA: ¿Cómo, Jorge Santiago o cómo el Doctor Manuel?

PROFESOR ESTANISLAO: Parientes míos los dos. Y además soy empresario y profesor jubilado.

DOÑA CUQUITA: *(Imitándolo chuscamente).* "Empresario y profesor jubilado". ¡Cómprese calzones!

PROFESOR ESTANISLAO: ¡Cómo se atreve!

DOÑA CUQUITA: ¿Cómo se atreve usted a venir en plena Navidad? ¿Qué no tiene familia, mujer o perro que le ladre?

PROFESOR ESTANISLAO: Los asuntos de mi vida personal no tienen por qué importarle, limítese a atenderme como el cliente distinguido que soy.

DOÑA CUQUITA: ¡Valentín Gómez Farías, el cliente!

PROFESOR ESTANISLAO: ¡Cuquita, me está faltando al respeto!

DOÑA CUQUITA: ¿Qué quiere? ¡Si usted me está explotando, haciéndome trabajar en días inhábiles!

PROFESOR ESTANISLAO: Cuando yo trabajaba, todos los días eran hábiles.

DOÑA CUQUITA: ¡Cálmese, señor *Scrooge*!

PROFESOR ESTANISLAO: ¡Párele, Cuquita!

DOÑA CUQUITA: OK. ¿Va a querer café?

PROFESOR ESTANISLAO: Sí, por favor, y mi vaso de agua, ya sabe.

DOÑA CUQUITA: ¿Así como el profesor Gerardo Merla?

PROFESOR ESTANISLAO: Bien que sabe. Oiga, y a propósito, ¿no ha venido el profesor Merla?

DOÑA CUQUITA: Qué va a venir, ese viene pero como el granizo. El que sí viene más seguido es Sergio González de León.

PROFESOR ESTANISLAO: ¿Con su distinguida esposa, mi colega la profesora Rosalinda Oyervídez?

DOÑA CUQUITA: Son inseparables.

PROFESOR ESTANISLAO: Cuando los vea me los saluda.

DOÑA CUQUITA: De su parte.

PROFESOR ESTANISLAO: No de mi parte, de todo de mí...

DOÑA CUQUITA: ¡Ay, que copión, ese chiste se lo oí al Conde de Agualeguas! Pero bueno. Oiga, ¿nomás vino a quitarme el tiempo con un café? ¿O de perdido va a picar algo?

PROFESOR ESTANISLAO: ¿Cómo?

DOÑA CUQUITA: Sí, que si va a querer comer, oiga, ¡comer!

PROFESOR ESTANISLAO: ¡Ah! Tráigame el menú, por favor.

DOÑA CUQUITA: *(Se saca la carta del mandil y se la avienta).* Ahí ta.

PROFESOR ESTANISLAO: *(Sin detenerse mucho, solo da una leída rápida).* Voy a querer el bacalao a la vizcaína.

DOÑA CUQUITA: ¿Sabe qué? El bacalao a la bizca, esa que dice, se acaba de acabar.

PROFESOR ESTANISLAO: Pues como es Navidad, le voy a encargar unos romeritos con tortitas de camarón, típicos del sur del país.

DOÑA CUQUITA: Déjeme decirle que las tortitas de camarón se terminaron ayer.

PROFESOR ESTANISLAO: ¿Y los romeritos?

DOÑA CUQUITA: Esos se acabaron hoy.

PROFESOR ESTANISLAO: Entonces unas rebanadas de cuete mechado.

DOÑA CUQUITA: ¿Cuete? Cuete me puse yo anoche, con tanto ponche con piquete. ¡Ay, qué delicia!

PROFESOR ESTANISLAO: ¡Óigame, pues ya ni hay nada de lo que anuncia! ¿Qué le puedo pedir, entonces?

DOÑA CUQUITA: Pues tengo un tamal *(a Estanislao)* borracho.

PROFESOR ESTANISLAO: ¿Cómo?

DOÑA CUQUITA: Sí, nomás quedaron de esos. Harto tamal *(a Estanislao)* borracho, acedo y recalentado.

PROFESOR ESTANISLAO: Y ¿ese platillo cuánto vale?

DOÑA CUQUITA: Doscientón.

PROFESOR ESTANISLAO: *(Sorprendido)* ¿Doscientos pesos, para tamales recalentados? Pues sí, como tiene conocimiento de lo pudiente que soy, se aprovecha.

DOÑA CUQUITA: Aquí así es. "Atendemos mal, damos muy caro y las gentes como quiera siguen viniendo". Ya ve usté, hasta el 25 de diciembre tengo que aguantarlo.

PROFESOR ESTANISLAO: ¡Cuquita, pero es Navidad!

DOÑA CUQUITA: ¡Por eso! Yo pudiera estar en mi casa con mi hijita descansando y no aquí con usted y sus alucinaciones. ¿Qué le hace venir hasta en el día de la Navidad?

PROFESOR ESTANISLAO: *(Serio)* Me da pena confesarlo, Cuquita, pero desde hace diez años que me abandonó mi familia, mi esposa falleció y mis hijos no me visitan. ¿De qué me sirve tener tanto dinero, si estoy solo?

DOÑA CUQUITA: *(Lo compadece).* ¡Ay, maestro, no tenía idea!

PROFESOR ESTANISLAO: Vengo aquí porque me gusta y en el delirio de mi soledad yo veo en usted y su hija una familia, aunque usted no me quiera.

DOÑA CUQUITA: *(Le da un abrazo).* ¿Sabe qué? No tarda en salir el pozole y ahorita ya va a llegar mi hija, si gusta esperar unos momentos y ahorita comemos todos juntos. ¿Qué le parece?

PROFESOR ESTANISLAO: ¿Es en serio, Cuquita? ¿No me está vacilando como es su costumbre?

DOÑA CUQUITA: Para nada, es de corazón. ¡Y déjeme decirle que la cuenta va por la casa!

FIN

Tadeo Padua Mata
Diciembre de 2015

De muertos vivientes y otras cosas

PERSONAJES:

DON CAYETANO
DON TEO
PROFESOR ESTANISLAO

(La escena transcurre en la cafetería El Refugio. aparece don Cayetano haciendo sobremesa, hay trastes sucios y ya está tomando su café).

DON CAYETANO: *(Preocupado, habla para sí).* ¡Ah, qué caray, ya se tardó mucho mi compadre! Ojalá no le haya pasado nada, dijo que venía a las cinco y ya van a ser las seis. ¿Pos ónde andará? *(Comienza a gritar).* ¡Cuquita! ¡Cuquita! ¡Doña Cuquita!

(Entra don Teo apresuradamente).

DON TEO: *(Jadeando)* Deje de gritar tanto, don Cayetano, no lo dejan trabajar a uno. ¿Pues que trae?

DON CAYETANO: ¿Y Cuquita?

DON TEO: *(Haciendo como que no oye)*. ¿Quién?

DON CAYETANO: *(Aseverando)*. ¡Doña Cuquita, su hermana!

DON TEO: ¡Ah, mi hermana! Fíjese, déjeme le cuento, le informo, le notifico… ¿Por Cuquita preguntó usted, verdad?

DON CAYETANO: *(Impaciente)* ¡Sí!

DON TEO: Algo me dijo… Ah, sí, ya recordé, sí: es que me dijo y yo le dije, ¡y que me dice! ¡Y que le digo! Y así fue.

DON CAYETANO: ¡Siempre con lo mismo, don Teo! Cantinfleando, como es su especialidad.

DON TEO: ¿Que no me expresé bien, acaso? ¿No le resolví sus dudas?

DON CAYETANO: ¡Por supuesto que no, me dejó en las mismas! ¡No me ha respondido dónde está su hermana!

DON TEO: ¡Ah, mi hermana, dice!

DON CAYETANO: Mejor así déjelo… Oiga y… ¿no ha visto al maestro Estanislao?

DON TEO: *(Haciendo como que no oye)*. ¿Quién?

DON CAYETANO: *(Se le acerca y le habla fuerte cerca del oído)*. ¡El maestro Estanislao!

DON TEO: ¡Pero no me grite!

DON CAYETANO: Una disculpa, pero ¿lo ha visto o no?

DON TEO: ¿A quién?

DON CAYETANO: *(Desesperado)* AL PROFESOR ESTANISLAO.

DON TEO: *(Empieza a pensar)*. Estanislao... Estanislao... ¡Ah, sí, ya me acordé! Ese ya se murió.

DON CAYETANO: *(Sorprendido)* ¿Cómo? ¡Acabo de hablar con él anoche!

DON TEO: ¡Sí, de veras, ya falleció, caminó, expiró, colgó los tenis!

DON CAYETANO: ¡No!

DON TEO: ¡Sí! ¡Es más, lo están velando en las capillas de Protecto DECO, ahí en la Paraíso! Hoy fue el deceso, lo acabo de leer en el periódico. Pobre, descanse en paz. *(Se santigua)*.

DON CAYETANO: *(Sentimental, puede empezar a llorar)*. No lo puedo creer, pobre de mi compadre... ¿Y de qué murió? ¿No sabe?

DON TEO: ¿Quién?

DON CAYETANO: ¡Estanislao!

(Entra Estanislao. Cayetano está de espaldas y no lo ve, se está secando sus lágrimas).

103

DON TEO: ¡Ah, Estanislao! ¿Este que viene entrando?

DON CAYETANO: ¿Lo ve? *(Se para y abraza fuertemente a Estanislao).* ¡Compadre!

PROFESOR ESTANISLAO: ¡Compadre, qué efusivo! Sé que me tardé, pero no es para tanto...

DON CAYETANO: ¡Pos este ingrato de don Teo! ¡Que me anda diciendo que te habías morido!

DON TEO: Me confundí yo, pensé que me había preguntado por don Eulogio, el de la farmacia...

DON CAYETANO: ¡Nombre! Ya me la andaba creyendo.

PROFESOR ESTANISLAO: Así es este señor, con esta van cuatro veces que anda diciendo que me morí.

DON TEO: Bueno, bueno, yo no he dicho mentiras, usted sí está muerto, lo que pasa es que no se ha dado cuenta...

PROFESOR ESTANISLAO: ¿Disculpe?

DON TEO: Nada, nada, que le voy a traer su café y el periódico... para que vea su esquela...

PROFESOR ESTANISLAO: ¿Cómo dice?

DON TEO: Y dicen que el sordo es uno...

PROFESOR ESTANISLAO: *(Enfurecido)* ¿Qué?

DON CAYETANO: ¡Tranquilízate, compadre! Ya déjalo que se vaya por el café, ya lo conoces. ¿Para qué haces coraje?

PROFESOR ESTANISLAO: Tienes razón.

DON CAYETANO: Ahora sí, dime, compadre, ¿cómo quedamos con las votaciones?

PROFESOR ESTANISLAO: Aquí traigo los resultados. La verdad no nos podemos quejar, quedaste arriba de Fufito.

DON CAYETANO: A ver, préstame esa hoja. *(Estanislao se la da, lee en voz alta).* Ganó Adrián de la Garza, en segundo lugar quedó Felipito, en tercero el "Pato" Zambrano, ¡en cuarto yo!, en quinto Maderito, luego Iván Garza, "Quique" Barrios y Fufito… Así que quedé como sándwich, arriba de Maderito y abajo del Pato…

PROFESOR ESTANISLAO: No ganaste, pero al menos no nos fue tan mal.

DON CAYETANO: ¿Y qué ganamos?

PROFESOR ESTANISLAO: Nos quedamos con el presupuesto que nos dio el INE.

DON CAYETANO: *(Conformista)* Es mejor que nada.

(Entra don Teo con el café de Estanislao y el periódico).

DON TEO: Aquí tiene su café y el periódico de hoy.

PROFESOR ESTANISLAO: Gracias, don Teo.

DON TEO: Qué pena que no haya ganado la alcaldía, don Cayetano. Yo sí voté por usted.

DON CAYETANO: ¡Muchas gracias, don Teo!

PROFESOR ESTANISLAO: ¡Esto no se acaba hasta que se acaba! Hay que estar preparados para la siguiente, porque aunque sea de diputado te lanzo.

DON CAYETANO: No hay que quitar el dedo del renglón.

DON TEO: Antes de que otra cosa pase, aquí les dejo la cuenta. *(Escribe en un papel y lo lanza a la mesa).*

PROFESOR ESTANISLAO: ¡Si yo acabo de llegar!

DON TEO: Ese es su problema.

DON CAYETANO: Yo le iba a pedir más café…

DON TEO: Ya no, ya no hay servicio.

DON CAYETANO: ¡Pero, don Teo…!

DON TEO: ¡Pero nada! Ya les dije que no hay servicio, y los estoy esperando que le caigan con la cuenta porque ya voy a cerrar.

PROFESOR ESTANISLAO: ¡Apenas y pasan de las seis de la tarde, don Teo!

DON TEO: No me importa, yo soy el dueño aquí y yo digo que ya es hora de cerrar.

DON CAYETANO: ¡Ah, qué don Teo! *(Saca el dinero de su bolsa y lo pone sobre la mesa).* Aquí está lo de los dos cafés.

DON TEO: *(Arrebata el dinero).* ¡Gracias!

PROFESOR ESTANISLAO: Pero en serio, ¿nos corre así tan feamente?

DON TEO: Gracias…

DON CAYETANO: ¡Don Teo!

DON TEO: ¡Gracias!

(Van acercándose a la puerta hasta que salen completamente).

DON TEO: Estos creen que aquí es su oficina, y todavía quieren que uno les atienda… pero aquí mando yo y conmigo se friegan.

FIN

Tadeo Padua Mata
28 de junio de 2018

EL REGRESO A CLASES

PERSONAJES:

PROFESOR ESTANISLAO
DOÑA CUQUITA
PROFESOR PLUTARCO

*(Escenario de la cafetería **El Refugio**. Aparece el maestro Estanislao sentado a la mesa, dormido, cabecea de vez en cuando. Llega Cuquita con un periódico enrollado y le pega a la mesa para despertarlo).*

DOÑA CUQUITA: ¡A dormir a su casa, don Pelos!

PROFESOR ESTANISLAO: *(Despierta, atolondrado).* ¡Sí, sí, sí, maestro Plutarco, ahorita le llevo la planeación!

DOÑA CUQUITA: ¡Cálmese, maistro! No está en la escuela, estamos en el café.

PROFESOR ESTANISLAO: ¡Ah, sí, verdad!

DOÑA CUQUITA: Sí. Y mire, le voy a advertir que si se va a estar echando sus coyotitos, mejor se me regresa para su casa. ¿O acaso quiere que también le traiga el colchón?

PROFESOR ESTANISLAO: No estaría mal.

DOÑA CUQUITA: ¡No sea payaso!

PROFESOR ESTANISLAO: Cuquita, compréndame, este regreso a clases estuvo muy pesado. Fue un día muy agitado y es que el dire, el Plutarco, nos trae bien enquehacerados.

DOÑA CUQUITA: ¡Si no se haga! ¡Usté ya no está pa eso! Ya debería jubilarse.

PROFESOR ESTANISLAO: ¿Me está diciendo viejo?

DOÑA CUQUITA: No. Le estoy diciendo ANCIANO.

PROFESOR ESTANISLAO: ¡Cuquita! ¡Cómo siempre de impertinente! Pero… volviendo al tema del director de la escuela… ¿No ha venido por aquí hoy?

DOÑA CUQUITA: No lo he visto, pero no ha de tardar mucho en llegar.

PROFESOR ESTANISLAO: Sírvame, por favor, la penúltima de café, y dígame cuánto debo, porque no quiero estar cuando llegue.

DOÑA CUQUITA: ¿Por qué no lo quiere ver? ¿Se peleó con él?

PROFESOR ESTANISLAO: ¡Oiga! ¡Lo veo todo el día en la escuela y encima verlo aquí también! ¡Ni que fuera mi mayate!

DOÑA CUQUITA: ¡Qué grosero, don Pelucas!

PROFESOR ESTANISLAO: Es que nadie aguanta a Plutarco.

(Plutarco viene entrando, de espaldas a Estanislao).

DOÑA CUQUITA: *(Tratando de advertirle).* Don Pelos…

PROFESOR ESTANISLAO: ¡Déjeme hablar, Cuquita! Le digo que Plutarco nomás está encima de uno *(Plutarco le toca el hombro y Estanislao quita su mano, aún sin darse cuenta de quién es).* Pérame… Que si la kermés, que si la asamblea, que si los honores a la bandera… *(Nuevamente le toca el hombro y Estanislao lo quita).* Pérame. ¡Con decirle, Cuquita, que le apodé "Platarco"!

PROFESOR PLUTARCO: *(Aún detrás de Estanislao).* ¿Y eso por qué, Estanislao?

PROFESOR ESTANISLAO: *(Aún sin voltear).* ¡Pues por la plata! *(Hace seña de billetes con la mano).* ¡Es bien cabrón! Digo, cobrón, bueno, las dos cosas…

PROFESOR PLUTARCO: *(Se le pone enfrente).* ¿Así que soy bien cobrón?

PROFESOR ESTANISLAO: *(Asustado)* PLATARCO. Digo: PROFESOR PLUTARCO.

DOÑA CUQUITA: *(Quitada de la pena).* Aquí le tengo al maistro, descosiéndose como vieja chancluda en mercado sobre ruedas.

PROFESOR ESTANISLAO: ¡Cuquita!

PROFESOR PLUTARCO: No me esperaba menos, Estanislao es más falso que político en campaña.

PROFESOR ESTANISLAO: Me confundes, creo que tienes un concepto equivocado de mí.

(Plutarco toma asiento y Estanislao toma el periódico para leerlo).

PROFESOR PLUTARCO: No importa, no he venido a discutir sobre tus artimañas, solo quiero relajarme después del trabajo como una persona común y corriente.

DOÑA CUQUITA: ¿Le ofrezco algo de tomar, profesor Plutarco?

PROFESOR PLUTARCO: Sí, gracias, Cuquita. Como hoy tuve un día muy pesado y ya terminé mis deberes, creo que merezco una bebida espirituosa. Tráigame, por favor, un whisky con bastante hielo.

DOÑA CUQUITA: ¿Sabe qué, profe? No hay hielo. La máquina se descompuso y mandé pedir del depósito, pero no ha llegado.

PROFESOR PLUTARCO: ¡Qué infortunio! Si no hay hielo, no. El whisky debe ser en las rocas…

DOÑA CUQUITA: ¿Alguna otra cosa que quiera pedir?

PROFESOR PLUTARCO: Pues un jugo de naranja…

DOÑA CUQUITA: *(Apunta en su comanda).* Muy bien.

PROFESOR PLUTARCO: Con mucho, pero mucho hielo. Porque ya ve cómo está el calor…

DOÑA CUQUITA: Maestro…

PROFESOR PLUTARCO: ¿Qué pasó?

DOÑA CUQUITA: ¡Le acabo de decir que no hay hielo, que se acaba de acabar!

PROFESOR PLUTARCO: ¡De veras! ¡No sé en qué estaba pensando!

PROFESOR ESTANISLAO: *(Baja su periódico).* ¡Plutarco y la carabina de Ambrosio!

PROFESOR PLUTARCO: ¡Estanislao, no andes de metiche! Entonces tráigame, por favor, un agua mineral con limón.

DOÑA CUQUITA: *(Repite y anota).* Agua mineral con limón.

PROFESOR PLUTARCO: Y le encargo que me traiga también un gran, enorme, retacado, desbordante vaso con hielo. ¡Copeteado, copeteado!

DOÑA CUQUITA: ¡Maestro! *(Impaciente)* ¿Cuántas veces tengo que decirle que NO HAY HIELO?

PROFESOR PLUTARCO: *(Ofendido)* ¡Doña Cuquita! Nunca me había hablado así...

PROFESOR ESTANISLAO: Siempre hay una primera vez.

DOÑA CUQUITA: ¡Maestro, es que ya le repetí lo mismo varias veces!

PROFESOR ESTANISLAO: Anda muy distraído el dire hoy.

PROFESOR PLUTARCO: ¡Estanislao, sosiégate!

PROFESOR ESTANISLAO: Plutarco, ¿por qué no te dejas de cosas y pides café como siempre? Ya sabes que aquí nunca tienen nada...

DOÑA CUQUITA: ¡Nadie le está preguntando, maistro Estanislado!

PROFESOR PLUTARCO: Sí voy a pedir café, pero que sea descafeinado, Cuquita, por favor.

DOÑA CUQUITA: ¿Sabe qué, maestro? Fíjese que el café descafeinado...

PROFESOR PLUTARCO Y PROFESOR ESTANISLAO: ¡Se acaba de acabar!

DOÑA CUQUITA: No, sí hay, ahorita se lo traigo.

PROFESOR PLUTARCO: Gracias, Cuquita.

(Cuquita sale).

PROFESOR ESTANISLAO: Oye, Plutarco, ¿ya no le has insistido a Cuquita?

PROFESOR PLUTARCO: Ya me conoces que soy muy tímido...

PROFESOR ESTANISLAO: ¡Es que te andan pedaleando la bicicleta!

PROFESOR PLUTARCO: ¿No me digas?

PROFESOR ESTANISLAO: *(Intrigoso)* Sí te digo. Mi compadre, el que lancé de candidato...

PROFESOR PLUTARCO: ¿Cayetano? ¡Si es primo mío!

PROFESOR ESTANISLAO: Yo sé que es tu familiar.

PROFESOR PLUTARCO: Quién lo viera, tan seriecito que se ve... Pero ahorita se la bajo.

PROFESOR ESTANISLAO: ¿Qué cosa, Plutarco?

PROFESOR PLUTARCO: ¡A Cuquita!

PROFESOR ESTANISLAO: ¡Ah, sí! ¡Tú puedes, compañero! Porque la última vez que vi a Cayetano andaba bien crecido, que hasta se creía el dueño de la cafetería, yo por eso mejor le dejé de hablar.

PROFESOR PLUTARCO: ¿Tanto así?

PROFESOR ESTANISLAO: ¡Sí!

(Entra Cuquita con la jarra del café y una taza para Plutarco).

DOÑA CUQUITA: Aquí le traigo su café, maestro Plutarco. Y más café para el Pelucas.

PROFESOR ESTANISLAO: *(Sarcástico)* ¡Qué atenta!

DOÑA CUQUITA: Ya sabe. *(Se le acerca con cariño a Plutarco).* Oiga, maestro Plutarco... ¿no se le ofrece algo más?

PROFESOR PLUTARCO: Estoy bien, gracias.

PROFESOR ESTANISLAO: ¡No! ¡Si luego, luego se ve cuando no lo quieren a uno! ¿Como que mucho afecto a Plutarco, no?

DOÑA CUQUITA: Es que, como que me recuerda a alguien...

PROFESOR ESTANISLAO: ¡Pues claro! ¿A poco no sabía que Plutarco y don Cayetano son primos?

DOÑA CUQUITA: ¡No sabía!

PROFESOR PLUTARCO: Ahora ya lo sabe. Pero yo voy a hacer que se olvide de él.

DOÑA CUQUITA: ¿Cómo?

PROFESOR PLUTARCO: ¿Qué tal si me invita a la trastienda?

DOÑA CUQUITA: ¡Ay, maestro! ¡Qué atrevido! Pero... ¡vamos!

PROFESOR PLUTARCO: *(De pie, toma a Cuquita).* Se me hace que mi primo se va a quedar sin Cuquita y sin restaurante. ¡Porque esta noche cena Pancho!

(Salen Cuquita y Plutarco hacia la trastienda).

PROFESOR ESTANISLAO: ¡Qué remedio!

FIN

Tadeo Padua Mata,
Agosto de 2018

Ocurrencias para una kermés escolar

PERSONAJES:

PROFESOR ESTANISLAO
PROFESOR PLUTARCO
PROFESORA ROSITA

(Es el Instituto Ignacio Allende, la escena se desarrolla en un salón de clases, tiene su pizarrón, pupitres, libreros… Es el final de la jornada. Aparece Estanislao en su escritorio, está revisando exámenes).

PROFESOR ESTANISLAO: *(Hablando para sí).* ¡Ay, no! ¡Es por demás! ¡Estos muchachos van a salir bien tronados! Este sacó un cincote… A ver el nombre *(Da reverso a la hoja).* Mario Zapata… ¡Uh, que la…! *(Pone un sello).* ¡Reprobado! *(Empieza con el siguiente).* A ver este… tacha, equivocado; puso hacer con "s", otro más reprobado en ortografía… A ver, ¿quién es? Tenía que ser: Edith de la Peña… ¡Ay, no! ¿Qué voy a hacer con estos alumnos míos?

(Entra Plutarco sin tocar, muy apresurado).

PROFESOR PLUTARCO: Maestro Estanislao, necesito de tu apoyo para la realización de la kermés de este mes de septiembre.

PROFESOR ESTANISLAO: *(Sin voltear, concentrado en los exámenes).* ¡Permítame, maestro, permítame! Voy terminando de calificar unos exámenes que con tanta cruz van a terminar como panteones. Ya pensaba yo que estábamos celebrando a los fieles difuntos, pero ya vi el calendario y aún estamos en el mes patrio.

PROFESOR PLUTARCO: ¡Deja de envolverme con tanta palabrería! ¡Ocúpate de eso después, que tenemos la fecha de la asamblea encima y aún me faltan detalles y necesito que me ayudes!

PROFESOR ESTANISLAO: Está bien. ¿Para qué soy bueno?

PROFESOR PLUTARCO: Para nada.

PROFESOR ESTANISLAO: ¿Y así quieres que te ayude?

PROFESOR PLUTARCO: *(Ríe de nervios).* Solo bromeo. Me faltan los cuadros artísticos para la ceremonia cívica…

PROFESOR ESTANISLAO: ¡Ah, pues bien fácil! Dile a la maestra Nena Pineda, ella se pinta sola para esos bailes.

PROFESOR PLUTARCO: ¡De veras! ¿Cómo no se me había ocurrido antes?

PROFESOR ESTANISLAO: *(Acompañando a Plutarco a la puerta).* Bien. Ya te ayudé, ahora sí déjame terminar con lo que estaba haciendo, que me quiero ir temprano.

PROFESOR PLUTARCO: ¡Pero Estanislao!

PROFESOR ESTANISLAO: ¡Nada de peros! Luego me das las gracias, ¡bye! *(Termina de echarlo fuera y se regresa a su lugar original).* ¡Si no les digo! El dire quiere que uno le saque la chamba; si nomás por eso ya quisiera estar jubilado. Pero bueno… gajes del oficio. ¡Ahora sí, a seguir tronando gente! ¡Cómo me gusta mi trabajo!

(Plutarco se regresa).

PROFESOR PLUTARCO: *(Alterado)* ¡Estanislao! ¡Cómo te atreves! ¡Siempre de irreverente! ¡La asamblea es importante también! ¡Además, soy tu jefe!

PROFESOR ESTANISLAO: Está bien, está bien… ¿Qué más te hace falta?

PROFESOR PLUTARCO: Los puestos de la kermés. Cada maestro debe hacerse cargo de uno. ¡Necesitamos fondos para el instituto!

PROFESOR ESTANISLAO: ¡Como siempre, pensando en el dinero, en el billullo, en la moneda, en la plata! ¡Por eso te apodé "Platarco"!

PROFESOR PLUTARCO: ¡Estanislao, eso no es importante en este momento! ¡Ya no tenemos tiempo!

(Aparece la maestra Rosita con cuaderno en mano).

ROSITA: *(Desde el portal).* ¡Toc-toc! *(Se pasa).* ¡Buenas tardes, compañeros!

PROFESOR PLUTARCO Y PROFESOR ESTANISLAO: ¡Buenas tardes!

ROSITA: ¡Dire, lo ando busque y busque por toda la escuela, para lo de la kermés!

PROFESOR PLUTARCO: ¡Qué oportuna, maestra, le estaba comentando al profesor sobre eso!

PROFESOR ESTANISLAO: Ya ves, aquí está la maestra Rosita, ella te puede ayudar, para que ahora sí me dejes trabajar a gusto.

PROFESOR PLUTARCO: Dígame, maestra, ¿qué ocurre?

ROSITA: Es que no me decido qué puesto poner. Estaba pensando en los casamientos…

PROFESOR PLUTARCO: ¡Casamientos! ¡Maestra, qué atrevida, qué impúdica, qué prosaica! ¡Si de por sí estos muchachos, pubertos, adolescentes, son tan precoces! ¿En qué está pensando?

ROSITA: Dire, pero si es bien sano. ¡Además, es una actividad que hay en cualquier kermés! No se haga el santito, que no le queda.

PROFESOR ESTANISLAO: *(Se mete en la plática, puede estar de pie junto con ellos).* Es que el director es muy tímido y esas cosas lo ponen de nervios, hasta hacen que se le caiga el cabello.

ROSITA: ¡Ah, con razón!

PROFESOR PLUTARCO: ¡Estanislao! ¿No que muy ocupado con tus exámenes? ¡Esto es solo entre la maestra y yo!

PROFESOR ESTANISLAO: ¡Ah, pillín!

PROFESOR PLUTARCO: ¡Estanislao, no seas malpensado y vuelve a lo tuyo!

PROFESOR ESTANISLAO: ¡Perdón, perdón! *(Se regresa a su asiento)*.

PROFESOR PLUTARCO: ¿Me decía, maestra Rosita?

ROSITA: ¡Ah, sí, le decía de los matrimonios para la kermés! Pero ya veo que la idea no le entusiasma mucho…

PROFESOR PLUTARCO: ¿Otra actividad que quiera proponer?

ROSITA: ¿Y si vendo tostadas con chile?

PROFESOR ESTANISLAO: ¿Chile del que pica o del que no pica?

PROFESOR PLUTARCO: ¡Estanislao, si sigues de metiche lo que te va a tocar a ti es puro chile!

PROFESOR ESTANISLAO: Me quedo callado. Ya no voy a hablar.

PROFESOR PLUTARCO: Prosiga, maestra.

ROSITA: *(Insiste)*. ¡Sí, me pongo a vender tostadas, ya ve que les encantan a los muchachos!

PROFESOR PLUTARCO: Es un rotundo no.

ROSITA: ¿Y por qué no? ¡No me vaya a salir con que el picante les puede alborotar las hormonas a los jóvenes!

PROFESOR PLUTARCO: De ninguna manera, lo que pasa es que el puesto de las tostadas ya se lo ganó el profe Hermenegildo.

ROSITA: ¡Qué mala suerte! ¿Oiga, profe Tanis, usted ya se decidió qué vender?

PROFESOR ESTANISLAO: ¡Por supuesto! ¡Ni me preocupo por eso!

PROFESOR PLUTARCO: ¿En serio, Estanislao?

PROFESOR ESTANISLAO: Sí. Y por eso no quiero ser molestado. Ya tengo todo visualizado.

ROSITA: *(Entusiasmada)* ¿Qué es, maestro? ¡Cuéntanos!

PROFESOR ESTANISLAO: ¡Voy a vender pizzas!

ROSITA: ¡Eso es muy complicado, las pizzas llevan muchos ingredientes!

PROFESOR ESTANISLAO: ¿Complicado? ¡Claro que no! Nomás se hace una tortillota de harina, abres una cajita de puré de tomate y listo. ¡Delicioso!

PROFESOR PLUTARCO: ¡No seas hablador, Estanislao! ¡La comida italiana no es cualquier cosa!

PROFESOR ESTANISLAO: ¡Pero así he visto que le hacen en el Soriana!

PROFESOR PLUTARCO: ¡Si hasta las enchiladas tienen su chiste!

ROSITA: Sí, y la salsa lleva hierbas de olor.

PROFESOR ESTANISLAO: *(Analítico)* ¿Ah, con que hierbas de olor? Con tanta cátedra de recetas hasta me sentí en *Cocinando con Teresita.*

PROFESOR PLUTARCO: ¡Estanislao, deja de ser un desviado...!

ROSITA Y PROFESOR ESTANISLAO: *(Pasmados)* ¿Qué?

PROFESOR PLUTARCO: ¡... Con el tema! ¡No me dejaron terminar!

PROFESOR ESTANISLAO: Es por demás contigo, Plutarco. ¿No es posible que no podamos llegar a un acuerdo? ¡Nada te parece, a todo le sacas peros! ¿Así cómo quieres que uno te ayude?

PROFESOR PLUTARCO: Más respeto, Estanislao, soy el director.

ROSITA: El maestro Estanislao tiene razón. Hasta ahorita anda usted muy rejego con las propuestas.

PROFESOR PLUTARCO: Es que nada me convence.

PROFESOR ESTANISLAO: Se me ocurre una cosa, para que no andemos batallando. Conozco un chef muy bueno y muy accesible.

PROFESOR PLUTARCO: ¿No me digas que Gerónimo, el de Televisa?

PROFESOR ESTANISLAO: ¡Nada que ver! Estoy hablando de mi amigo don Gerardo Martínez.

ROSITA: ¿El de Epicentro?

PROFESOR ESTANISLAO: ¡Sí! ¡Mandamos hacer una paella con él y vendemos las porciones en la kermés!

PROFESOR PLUTARCO: ¿Pa ella? *(Señalando a Rosita).*

PROFESOR ESTANISLAO: ¡No! ¡Pa todos!

ROSITA: ¡Sí, maestro, y entre usted y yo nos ponemos a despachar!

PROFESOR PLUTARCO: ¡Pues no estaría mal! Es más, vámonos de una vez a ese lugar que llaman "Epicentro". ¿Cómo ven?

ROSITA Y PROFESOR ESTANISLAO: ¡Sí, vamos, vamos!

(Salen todos).

FIN

Tadeo Padua Mata
Septiembre de 2018

La estética

PERSONAJES:

ESTILISTA *(Mujer de cualquier edad, trae su bata para cortar el cabello y sus respectivos artilugios).*
PROFESOR PLUTARCO *(Formal, lleva sombrero).*
PROFESOR ESTANISLAO

(El escenario es una estética. Tiene un sillón para cortar el cabello frente a un espejo o una silla cualquiera, una credencia con productos y aparatos para el cabello (champús, cremas, peines, una secadora, plancha, etcétera) y una silla sola para la espera de un segundo cliente, junto a ella hay otra credencia con revistas viejas. Aparece la estilista en la silla principal leyendo una revista, al mismo tiempo escuchando música con los audífonos puestos. Entra Plutarco).

PROFESOR PLUTARCO: ¡Buenas tardes, señorita!

(La estilista hace caso omiso, sigue concentrada en su lectura y no escucha por los audífonos, incluso hasta canta).

PROFESOR PLUTARCO: *(Se inclina hacia ella).* ¿Señorita?

(La estilista sigue sin prestarle atención).

PROFESOR PLUTARCO: *(Le quita el audífono).* ¡Señorita!

ESTILISTA: *(Asustada)* ¡Profesor! ¡Me asusta! ¿Por qué no avisa que ya llegó?

PROFESOR PLUTARCO: ¡Tengo media hora hablándole, haciendo señas y malabares!

ESTILISTA: Discúlpeme, no había podido descansar en todo el día… Estaba en mis cinco minutos de relax.

PROFESOR PLUTARCO: ¿Cinco minutos? ¡Tenía programada mi cita a las cuatro y ya son las seis!

ESTILISTA: *(Convenenciera)* ¿Quién le manda llegar tarde?

PROFESOR PLUTARCO: ¡Y gánale al PRIAN!

(La estilista se levanta del asiento para dárselo a Plutarco).

ESTILISTA: Ya, siéntese. *(Le pone la capa para cortarle el cabello).* ¿Qué corte le voy a hacer hoy?

(Plutarco se quita el sombrero para mostrar que no tiene cabello y se le queda viendo, molesto).

ESTILISTA: ¡Ay, perdón! ¡No recordaba que a usted solo le corto el bigote!

(Entra Estanislao).

PROFESOR ESTANISLAO: ¡No! ¡Plutarco! ¡No puede ser que también te encuentre aquí! ¡Te veo en la escuela, en el café, y ahora aquí! ¡Ya se me hace que te veo hasta en la sopa!

PROFESOR PLUTARCO: ¡Mínimo saluda, Estanislao, que hay una dama presente!

PROFESOR ESTANISLAO: Yo diría que dos.

PROFESOR PLUTARCO: ¿Lo dices por ti?

PROFESOR ESTANISLAO: ¡Claro! ¡Digo, no! ¡Plutarco!, ¿cómo te atreves?

PROFESOR PLUTARCO: *(Irónico)* Te ensartaste tú solo.

ESTILISTA: ¿Van a dejarme trabajar, o van a seguir insultándose el uno al otro como viejillos carcamanes de asilo?

PROFESOR ESTANISLAO: Discúlpeme, señorita, y por cierto buenas tardes.

PROFESOR PLUTARCO: ¡Ya cuándo!

PROFESOR ESTANISLAO: ¡Plutarco! ¿Ve, ve cómo este intento de director de primaria rural no me deja en paz?

ESTILISTA: ¡Cálmense los dos! Maestro Estanislao, tome asiento, por favor, ahorita lo paso, ahí hay unas revistas por si quiere leer algo mientras espera.

PROFESOR ESTANISLAO: *(Toma asiento).* Está bien *(Toma la primera revista, sarcástico).* ¡Uy, qué interesante: TVNotas! ¡Pura lectura cultural y constructiva!

PROFESOR PLUTARCO: ¿Está escuchando, oiga? ¡Se está burlando de sus revistas!

PROFESOR ESTANISLAO: ¿Quién te habló, Plutarco?

ESTILISTA: *(Sarcástica, molesta)* Maestro, ¿no quiere que le consiga una *Selecciones* de *Reader's Digest*? ¿O una de *National Geographic*?

PROFESOR ESTANISLAO: Es broma, es broma *(Ríe falsamente y toma la revista).* Ya sabe cómo soy.

ESTILISTA: Muy bien, profesor Plutarco, ahora sí voy con usted. ¿Qué corte me dijo que quería?

PROFESOR ESTANISLAO: *(Baja la revista y empieza a reír).* ¿Corte? ¿Para Plutarco? ¡Será el corte como el del "Loco" Valdés!

PROFESOR PLUTARCO: ¿No sería mejor que tú me pasaras cabello, viejo pelucón?

PROFESOR ESTANISLAO: *(Agarrándose el cabello).* ¡Ándale, aquí sí hay!

ESTILISTA: *(Se enoja y pone las tijeras sobre la mesa que le queda más cerca).* ¡Si siguen así no les voy a cortar el cabello!

PROFESOR PLUTARCO: ¿Ah, no?

ESTILISTA: ¡No! ¡Lo que les voy a cortar es otra cosa!

PROFESOR ESTANISLAO: Ya me voy a callar. *(Vuelve a leer).*

ESTILISTA: Apenas así entienden.

PROFESOR PLUTARCO: Yo tampoco voy a decir nada. Prosiga.

ESTILISTA: Estábamos en el corte que le iba hacer… ¿Cómo va a ser? ¿Le hago un despunte, un degrafilado, o gusta un tinte?

PROFESOR PLUTARCO: Le vuelvo a reiterar, a confirmar, a insistir, a replicar, a inquirir y a repetir…

PROFESOR ESTANISLAO: ¡Ya, Adela Micha!

PROFESOR PLUTARCO: ¡Sosiégate, Estanislao!

PROFESOR ESTANISLAO: *(Se arrepiente).* ¡No dije nada!

ESTILISTA: ¿Sí?

PROFESOR PLUTARCO: ¡Lo único que quiero es que me empareje el bigote!

ESTILISTA: ¡Ah, sí! ¡Ya recuerdo! ¡Pues manos a la obra!

PROFESOR ESTANISLAO: *(Exaltado)* ¿Nomás a eso vienes? ¿A que te corten el fregado bigote? ¿Para eso tanto pancho? ¿Qué no lo puedes hacer tú solo?

PROFESOR PLUTARCO: Me gusta estar siempre presentable. Además, no importa a qué venga, con solo estar en presencia de una dama como la que atiende, es suficiente.

ESTILISTA: *(Halagada)* ¡Gracias, profesor!

PROFESOR ESTANISLAO: ¡Eres un ridículo! Oiga, y ¿cómo le va a cortar el bigote? ¿Cómo Cantinflas o cómo Capulina?

PROFESOR PLUTARCO: Eso no te incumbe, Estanislao. Señorita, por favor prosiga.

(Estanislao solo mueve la cabeza en desacuerdo y sigue leyendo la revista, la estilista hace como que corta el bigote de Plutarco).

ESTILISTA: ¡Listo, ya quedó!

PROFESOR PLUTARCO: ¡Excelente!

ESTILISTA: Déjeme quitarle esto. *(Le quita la capa y lo limpia con la brocha).*

PROFESOR PLUTARCO: Ahora sí, ¿cuánto le debo?

ESTILISTA: Son quinientos pesos.

PROFESOR PLUTARCO Y PROFESOR ESTANISLAO: *(Sorprendidos)* QUINIENTOS PESOS.

PROFESOR PLUTARCO: ¿Pero qué rompí?

ESTILISTA: ¡Ay, maestro, si hasta le estoy haciendo descuento!

PROFESOR PLUTARCO: ¡Oh, sí, por ser profesor!

PROFESOR ESTANISLAO: ¿Cuál? ¡Debe ser el descuento del INSEN!

PROFESOR PLUTARCO: ¡Estanislao! La causa no es la importante. *(Saca el dinero de su cartera y se lo da).*

ESTILISTA: Muchas gracias, profesor.

PROFESOR PLUTARCO: A usted.

(Plutarco sale y Estanislao sin decir nada se va detrás de él sigilosamente).

ESTILISTA: ¿Oiga, a dónde va? ¡Sigue usted!

PROFESOR ESTANISLAO: No, muchas gracias, con ese precio ya se me quitaron las ganas, mejor me voy con Shangrilá[2]. *(Sale).*

ESTILISTA: ¡Ah!

FIN

Tadeo Padua Mata
Febrero de 2019

----

2 Estilista de Monterrey famoso por trabajar con figuras públicas.

D'SASTRES

PERSONAJES:

PROFESOR ESTANISLAO

SEÑOR CORTE ITALIANO *(Es el dueño del local, chaleco de vestir, formal, una cinta de medir sobre el cuello, boina, y como su apodo lo dice, simula ser italiano).*

PROFESOR PLUTARCO

(La escena se desarrolla en el negocio denominado "D'Sastres". Hay un escritorio o mesa donde hay algunos cuadernos, cintas de medir y un alfiletero, también hay una estructura donde están colgados diversos sacos y un biombo donde pasa la gente a cambiarse. No hay nadie en el lugar, entra el profesor Estanislao, haciendo ruido desde lejos con su andar y su bastón).

PROFESOR ESTANISLAO: ¡Buenas tardes! ¿Señor Corte Italiano? ¡Soy el maestro Estanislao!

CORTE ITALIANO: *(EN OFF, gritando).* ¡Ahorita lo atiendo, profesore!*

PROFESOR ESTANISLAO: *(Quejoso)* ¡Qué irresponsabilidad! ¿Qué puede ser más importante que estar al frente de su propio negocio?

CORTE ITALIANO: *(EN OFF, sufriendo).* ¡Estoy en el baño!

PROFESOR ESTANISLAO: *(Apenado)* ¡Ay, perdón!

(En lo que llega Corte Italiano, Estanislao da un breve recorrido de reconocimiento del espacio, se pone a ver los sacos, etcétera).

CORTE ITALIANO: *(Acelerado)* Buona tarde, profesore, questo que lo otro, presto bambino, presto, presto cuomo…

PROFESOR ESTANISLAO: ¿Qué dijo?

CORTE ITALIANO: *(Habla normal, molesto).* ¡Que no lo dejan a uno ni cagar!

PROFESOR ESTANISLAO: ¡Válgame!

CORTE ITALIANO: ¡Ya, no la haga de grito! ¿A qué vino, maistro?

PROFESOR ESTANISLAO: ¿Maistro? ¡Ni que fuera albañil! ¿Dónde aprendió usted español? ¿En Tepito, acaso?

CORTE ITALIANO: *(Como chilango)* ¡Chale, me cae que sí!

PROFESOR ESTANISLAO: Eso no tiene importancia… Vengo a ver si ya está listo mi traje. ¡El día de hoy se cumplen tres meses desde que se lo pedí, señor Corte Italiano!

CORTE ITALIANO: ¡Ah, sí! ¡Ya me acordé! ¡Usted es el gorroso del traje!

PROFESOR ESTANISLAO: ¿Gorroso?

CORTE ITALIANO: ¡No tenga apuro, que ya lo tengo listo, *profesore*!

(Entra Plutarco).

PROFESOR PLUTARCO: ¡Buenas tardes, tardes buenas!

PROFESOR ESTANISLAO: ¡No puede ser! ¿Tú aquí? ¿Que acaso me sigues a todas partes dónde voy?

PROFESOR PLUTARCO: A mí se me hace que tú eres el que me está siguiendo, Estanislao.

PROFESOR ESTANISLAO: Señor Corte Italiano, por favor deme mi traje, que no quiero estar un minuto más en presencia de este hombre. ¡De por sí, lo veo todo el día en el trabajo!

PROFESOR PLUTARCO: ¡Estanislao, soy el director del instituto, y por lo tanto tu jefe! ¡Así que me debes respeto!

PROFESOR ESTANISLAO: Ya estamos fuera de horario y lo que menos quiero es saber cosas de la escuela. ¡Ay, no! ¡Yo ya debería de estar jubilado! ¡Señor Corte Italiano, apúrele!

CORTE ITALIANO: ¿Cuál es la prisa, *profesore*? Ahorita se va, el maestro Plutarco tenía ya una cita programada, nomás le tomo unas medidas así súper *rapidino* y le entrego su *trajesini, molto presto.*

PROFESOR ESTANISLAO: *(Resignado)* ¡Ya qué! ¿Quién me manda venir con el sastre más barato de la ciudad?

CORTE ITALIANO: ¿Qué dijo?

PROFESOR ESTANISLAO: Nada, nada… *(Titubea)*. ¡Qué… eh… usted es un sastre de mucha calidad! *(Para sí)* ¡Cómo me cubro!

PROFESOR PLUTARCO: ¡Miente! ¡Yo lo escuché con claridad! ¡Dijo que usted era un sastre barato y corriente!

PROFESOR ESTANISLAO: ¡Oye! ¡Sí dije que era barato, pero lo demás tú se lo compusiste!

CORTE ITALIANO: ¿Así que barato y corriente?

PROFESOR ESTANISLAO: *(Nervioso)* Este… eh… *(Saca su pañuelo y se limpia el sudor de lo nervioso que está)*. Ya sabe que soy muy bromista, señor Corte Italiano…

CORTE ITALIANO: Le está pegando al *molto vivace*, maistro, pero ta bien, vamos a dejarlo así y mejor ayúdeme apuntando las medidas del *profesore* Plutarco, que no tengo asistente.

PROFESOR ESTANISLAO: ¿Yo?

CORTE ITALIANO: ¡Sí, usted, no se haga *pagliacci*! Ahí en la mesa está la libreta y la pluma. Ahora usted, *profesore* Plutarco, párese ahí, *derechini, derechini*…

PROFESOR PLUTARCO: *(Hace lo que le indican)*. ¿Así está bien?

CORTE ITALIANO: ¡*Molto bene*! ¡Ahora sí, maistro, tome nota! *(Comienza a medir con la cinta cada parte del cuerpo de Plutarco)*. Largo del torso *(dice un número acorde a la medida del actor)*. Espalda *(dice la medida)*. Lomo *(dice la medida)*. *(Se acerca por detrás)* Chamberete *(dice la medida)*. Aguayón *(dice la medida)*.

PROFESOR PLUTARCO: ¡Oiga, espéreme! ¿En qué momento llegamos a la carnicería Ramos que no me di cuenta?

CORTE ITALIANO: ¡Usted no se fije! ¿Sí está apuntando, maistro Estanislao?

PROFESOR ESTANISLAO: ¡Sí!

CORTE ITALIANO: Ahora vamos con las medidas del *pantalone*.

(Plutarco pierde la postura y se enjoroba como el Chavo del Ocho).

CORTE ITALIANO: ¿Qué le pasa, maestro Aguayón? ¡Enderécese! *(Lo reincorpora)*. Ahora sí. *(Le mide el largo del pantalón, pero casi a la altura de la rodilla)*. Van a ser *(dice un número acorde a la altura)* centímetros.

PROFESOR ESTANISLAO: Oiga, señor don Corte Italiano… ¿no cree que le va a quedar muy corto el pantalón a Plutarco?

CORTE ITALIANO: ¿A usted qué le importa? ¡Así es el corte, se tiene que ver el zapato!

PROFESOR PLUTARCO: No cuestiones al maestro sastre, Estanislao, él debe saber lo que hace.

PROFESOR ESTANISLAO: Ni hablar. Aquí tiene su cuaderno. ¿Ahora sí me puede entregar mi traje?

CORTE ITALIANO: ¡Clarines! ¡No, *profesore*, va a quedar *incantato* cuando lo vea! ¡Le va a quedar justo a la medida! Estuve batallando un poco con el diseño, pero quedó una cosa *bona*, bien hecha. No sabía si decidirme por algo contemporáneo, o barroco, pero lo terminé mezclando con lo egipcio, además de que usé unas telas muy finas, importadas, de Bulgaria y de Corrientaria.

PROFESOR ESTANISLAO: *(Sorprendido)* ¡Ah, qué interesante!

PROFESOR PLUTARCO: ¡Ya ves, Estanislao! ¿Qué más quieres? ¡Y tú dudando del señor! ¡Hasta te hizo un traje internacional!

PROFESOR ESTANISLAO: Me quedo sorprendido.

CORTE ITALIANO: Ya se lo traigo... *(Sale).*

PROFESOR ESTANISLAO: ¿Tú crees que esté bien hecho el traje?

PROFESOR PLUTARCO: No tengo duda, este hombre es el diseñador de Adrián de la Garza y de Felipe de Jesús Cantú.

PROFESOR ESTANISLAO: Si tú lo dices... porque la verdad con esa mezcla de estilos que mencionó no sé qué pensar... Tengo miedo...

(Entra Corte Italiano con el traje doblado, listo para entregárselo).

CORTE ITALIANO: *Bono, profesore*, van a ser tres mil pezones.

PROFESOR ESTANISLAO: *(Se toca el pecho con ambas manos)* ¡Si yo nomás tengo dos!

CORTE ITALIANO: Pezones, pesos, es que así se *diche* en italiano.

PROFESOR ESTANISLAO: ¡Ah! *(Saca su cartera y le da el dinero).* Aquí tiene.

CORTE ITALIANO: *Gratzie (Se guarda el dinero y le da el saco).*

PROFESOR ESTANISLAO: *(Se quita su saco para medirse el otro).* A ver, Plutarco, ayúdame con esto por favor *(Le da el otro saco a Plutarco y al ponerse el otro se da cuenta de lo mal hecho que está).* ¡Pero Dios mío! ¿Qué es esto? ¡Es inmundo! ¡Parece disfraz de Halloween!

PROFESOR PLUTARCO: *(Cínico)* ¡Va de acuerdo con tu personalidad!

PROFESOR ESTANISLAO: ¡Cállate, Plutarco! Señor Corte Italiano, ¿me puede explicar qué demonios son estos retazos de tela del Nuevo Mundo, mal recortados?

CORTE ITALIANO: *(Ofendido)* ¿Retazos del Nuevo Mundo? ¡Si son telas muy finas!

PROFESOR ESTANISLAO: ¡Exijo mi dinero de vuelta!

CORTE ITALIANO: Lo siento, ya es la hora de *manjare*, así que voy a cerrar… *(Se hace loco y va reculando hasta que sale completamente, mientras dice sus vocablos en italiano aleatoriamente).*

Questo que lo otro, questo que aquello, mi signiore, molto bene bambini, ciao, arrivederchi...

PROFESOR ESTANISLAO: ¡Oiga! ¡No se vaya! ¡Mi dinero! ¡No te quedes ahí, Plutarco, vamos por él!

(Van detrás de Corte Italiano. Estanislao sigue vociferando por su dinero y Plutarco intenta calmarlo, pleito general, así hasta que salen de escena completamente).

FIN

Tadeo Padua Mata
Febrero de 2019

¡Y BUENAS CON...!

PERSONAJES:

PROFESOR ESTANISLAO *(Disfrazado de adivino de mercado, con pañoleta en la cabeza o turbante, lleno de collares, anillos, atavío muy exagerado).*

CLIENTE *(Hombre vestido casual, lleva sombrero).*

(Aparece el profesor Estanislao meditando frente a una mesa con una bola de cristal y un par de veladoras encendidas. Entra el cliente).

CLIENTE: ¡Buenas tardes! Me dijeron que aquí leían las cartas...

MAESTRO: *(Meditando y con los ojos cerrados)* Oummm...

CLIENTE: Disculpe, ¿es usted el maestro de las ciencias ocultas?

MAESTRO: *(Sigue concentrado)* Oummm...

143

CLIENTE: ¡Oiga, qué grosero! ¿Por qué no responde a ninguna de mis preguntas?

MAESTRO: *(Despierta molesto y, tomando un libro que tiene a la mano, le pega).* ¡Ah, qué la fregada! ¿No ve que estoy meditando? ¡Ya me desconcentró! *(Le sigue pegando).*

CLIENTE: ¡Ay, perdón, perdón, no tenía idea! ¡No sea tan agresivo!

MAESTRO: Pues no es para menos, estaba por iniciar un viaje astral…

CLIENTE: Dispénseme, si quiere vengo en otra vuelta…

MAESTRO: No, no, no, no; de una vez, ándele, siéntese, total ya me vino a interrumpir. Dígame, ¿y qué va a querer?

CLIENTE: ¿No tiene la carta?

MAESTRO: ¿La carta? ¡Ni que fuera restaurante!

CLIENTE: ¡Ah, no, verdad! Disculpe, es que es mi primera vez.

MAESTRO: ¿Como que ya está grandecito para la primera vez, no?

CLIENTE: ¿Qué? ¡No! ¡No estoy hablando de eso! Mi primera vez con estas cosas de la magia y todas esas payasadas…

MAESTRO: Me ofende, caballero, mi trabajo es muy serio… Ya, hablando bien, ¿qué es lo que requiere? Aquí practicamos de todo: limpias, amuletos para la buena suerte, amarres, endulzamientos, cierre de ciclos, curaciones, trato con personas del más allá, lectura de la mano, del café y del agua, le consigo novia o dama de compañía.

CLIENTE: Mire, la persona que me recomendó con usted me dijo que era muy atinado leyendo las cartas.

MAESTRO: ¡Ay, qué pena! Fíjese que ahorita no ando manejando la lectura de la baraja.

CLIENTE: ¿Y eso por qué?

MAESTRO: Es que… Hoy es sábado y los sábados no se pueden leer las cartas, está terminantemente prohibido.

CLIENTE: Ándele, no sea malo, me veo jodido, pero si traigo dinero…

MAESTRO: Espere. *(Pone las manos de frente y luego lleva la derecha a la sien, entrecerrando los ojos).* Se están comunicando conmigo los espíritus, me dicen… Me dicen que con usted haga una excepción.

CLIENTE: ¡Qué bien! ¿Podemos comenzar, entonces?

MAESTRO: ¡Claro! *(Saca la baraja y empieza a revolverla).* Vamos a ver qué le tiene preparado el cosmos, la dicha, la fortuna. Presente y pasado, revélense ante nosotros y muéstrennos su sabiduría. ¡Corre y se va, corre y se va con: EL CATRÍN!

CLIENTE: *(Atónito)* ¡Ah, chingá! ¡Si esa es la baraja de la lotería!

MAESTRO: *(Titubeando)* Eh… es que… eh… Este es ¡el tarot mexicano!

CLIENTE *(Impresionado)* Ah…

MAESTRO: Y ya no me vuelva a interrumpir, porque si no, no le sigo.

CLIENTE: Perdón, maestro, no se volverá a repetir.

MAESTRO: Bien. Estábamos con el catrín, ícono que obviamente lo representa a usted, seguimos con LA DAMA, esa viene siendo su mujer… Ahora EL CAZO, no le hace caso.

CLIENTE: ¡Es cierto! ¿Por qué, oiga? Últimamente ha estado indiferente, preocupada y distraída…

MAESTRO: ¿Y si la mira fijamente no sostiene la mirada?

CLIENTE: No, no me la sostiene.

MAESTRO: La siguiente carta nos va a decir por qué: EL NOPAL.

CLIENTE: ¿Y eso qué tiene que ver?

MAESTRO: Más claro ni el agua, mi estimado amigo. No se haga, quiere decir que "no palitos", por eso no le hace caso su señora.

CLIENTE: *(Avergonzado)* Oiga, ¿cómo cree? Se me hace que usted me está cotorreando…

MAESTRO: La baraja no miente, reconozca. Mire, usté tranquilo, vamos a ver qué nos dice la siguiente carta. *(Hace como que saca la carta de en medio).* EL CAMARÓN y de pacotilla...

CLIENTE: ¿Para qué decir marcas...?

MAESTRO: No se preocupe, lo que aquí se dice, aquí se queda...

CLIENTE: Y ¿qué me recomienda?

MAESTRO: Ahorita le preparo un tónico para que haga a su señora bien feliz.

CLIENTE: Qué amable es usted.

MAESTRO: Nomás que ese se lo voy a cobrar aparte...

CLIENTE: Sin problema. Pero ¿usted cree que solo con ese elixir voy a tener? Si mi vieja ni me pela, luego voy a llegar bien ganoso y ¿de qué me va a servir?

MAESTRO: Continuemos con la lectura para solucionar eso. ¡Corre y se va, corre y se va con... EL MÚSICO Y LA ROSA! Creo que es evidente, lo clásico nunca falla; llévele una serenata y un buen arreglo floral, pero bonito, no de esos que venden en el mercado Juárez, ni en la calle Morelos, inviértale. Verá que con eso tendrá toda su atención.

CLIENTE: Perfecto. Bueno, ¿y ahora cuál sigue?

MAESTRO: EL GORRO.

CLIENTE: ¿Y eso que significa?

MAESTRO: Que la lectura se acabó porque usted está poniendo mucho gorro, y mire, aquí está el tónico, dos gotitas diluidas en agua una hora antes del acto.

CLIENTE: Muchas gracias. *(Se lo guarda).* ¿Le puedo hacer una última pregunta?

MAESTRO: No veo por qué no…

CLIENTE: ¿No fía?

MAESTRO: *(Pierde la calma).* ¿QUÉEEEE? ¿Cómo se atreve?

(Salen de escena persiguiéndose y discutiendo sobre el pago).

FIN

Tadeo Padua Mata
11 de octubre de 2021

La maestra de Astrología
(*Continuación de* ¡Y buenas con...!)

PERSONAJES:

PROFESOR ESTANISLAO (*Ataviado excéntricamente, con un turbante y muchas joyas, trae su bastón*).

CLIENTE (*Hombre vestido casual, usa sombrero*).

AURORA CELESTIAL (*Muchas joyas y pañoleta en la cabeza, falda larga, arracadas, gitana*).

(*Aparece el maestro Estanislao ofreciendo sus artículos a la gente del público, entonces se detiene con una posible víctima*).

PROFESOR ESTANISLAO: ¿Qué tal? ¿Cómo está usted? Mire lo que ando ofreciendo, lo que le ando trayendo el día de hoy. Traigo velas mágicas, estas se prenden y ya no se apagan, para que todos sus deseos se cumplan. ¿Qué le parece, eh? Bueno, bueno, si eso no le gusta, también traigo cuarzos y amuletos de la suerte, epazote para los brotes y albahaca para la gente flaca...

(*Entra el cliente y se le acerca*).

CLIENTE: Oiga, maestro, disculpe.

PROFESOR ESTANISLAO: Espéreme, no me interrumpa. ¿Qué no ve que ya la estoy convenciendo?

CLIENTE: ¡Discúlpeme, maestro oculista!

PROFESOR ESTANISLAO: ¡Es ocultista! Y mire, por favor, espéreme allá, ahorita voy con usted.

CLIENTE: Sí maestro, perdone *(Se recula un poco hacia donde le indicó Estanislao)*.

PROFESOR ESTANISLAO: *(Aún con la misma persona del público).* Mire, traigo también unos escapularios que vienen del Vaticano y agua bendita del río Jordán...

CLIENTE: *(Se acerca nuevamente).* ¿Ya mero acaba, maestro? Es que es muy importante...

PROFESOR ESTANISLAO: ¡Espéreme allá! Ya le dije.

CLIENTE: *(Asienta de mala gana).* Está bien, está bien...

PROFESOR ESTANISLAO: *(Insiste con la misma persona).* Oiga, también le puedo leer la mano, o si quiere pase a mi local para hacerle una limpia, ¿cómo ve?

CLIENTE: *(Nuevamente a un costado de Estanislao, molesto).* ¿Me va a atender o no?

PROFESOR ESTANISLAO: ¡Ah, que la fregada! ¡Cómo pone gorro! *(Lo reconoce).* Ah… ya me acordé de usted, es "el gorroso" de la vez pasada, usted es el de los "no palitos"

CLIENTE *(Apenado)* ¡Ya le había dicho que no dijera marcas! Se supone que usted, como médico brujo, tiene que ser discreto.

PROFESOR ESTANISLAO: Ocultista, que es muy diferente.

CLIENTE: ¿Entonces el ser ocultista significa que es chismoso?

PROFESOR ESTANISLAO: ¿Chismoso yo? *(Al público esperando respuesta)* ¿Chismoso yo? Me ofende. Mire, tiene razón, mejor pasemos al área de consulta. *(Se sientan).* Cuénteme, ¿Qué pasó, qué acontece, qué sucedió, qué tiene, qué le duele…?

(Entra Aurora).

AURORA: ¡Así que con estas tenemos, Estanislao!

PROFESOR ESTANISLAO: *(Sorprendido)* ¡Maestra Aurora! ¿Qué haces aquí?

AURORA: ¡Vine a desmentir esta farsa!

CLIENTE: *(Confundido)* ¿Quién es usted, qué está pasando?

AURORA: Me presento, yo soy Aurora Celestial, maestra de Astrología, y soy la dueña de este local. Lo que pasa es que este aprovechado, farsante y oportunista no es más que mi chalán, y como sabía que yo estaba fuera, se aprovechó de las circunstancias.

CLIENTE: ¡Ah, caray! Y yo reclamándole a quien me había recomendado, pues me habían dicho que era una dama y me encontré a un señor, y le dije que me había pasado mal los datos.

AURORA: Si desde que me fui no he dejado de recibir llamadas de mis clientes reclamándome que todos los hechizos han salido mal, y lo peor es que este señor se hace llamar maestro ocultista, y no llega ni a mago de las tandas de Sampayo.

PROFESOR ESTANISLAO: ¡Perdóname, maestra, pero mi trabajo es verífico!

CLIENTE: Dirá verídico.

PROFESOR ESTANISLAO: No, verífico, porque lo pueden verificar.

AURORA: ¡Claro, claro que he verificado que ha salido mal! Como doña Mónica, que te pidió un amarre pa'l viejo, y el señor sí se enamoró, ¡pero de su suegra!

PROFESOR ESTANISLAO: Es que la suegra fue la que preparó la comida, yo le dije que ella misma lo hiciera, pero como se le quema el agua...

AURORA: ¡Es que nada! A ver, y luego don Ramoncito te pidió que lo siguieran muchas mujeres...

PROFESOR ESTANISLAO: ¿Y a poco no se le cumplió?

AURORA: Sí, trae bastantes viejas detrás. ¡Pero con el tónico que le diste se volvió impotente! A ver, y a usted, ¿qué le pasó? ¿Cuál es su reclamo, queja? Diga de una vez.

CLIENTE: Pues me fue de la patada. Este hombre según me aconsejó que mi señora me iba a poner atención si le llevaba serenata, y ahí estaba yo con el mariachi. ¿No creen que me lanzó una maceta desde el segundo piso? *(Se descubre el sombrero).* ¡Miren nada más tremendo golpe que me dejó!

PROFESOR ESTANISLAO: ¿Y ya rezó el rosario?

CLIENTE: No. ¿Eso para qué?

PROFESOR ESTANISLAO: Pues como trae el curita.

AURORA: ¡No seas payaso, déjate ya de cosas, eres un vil charlatán!

PROFESOR ESTANISLAO: ¿Cómo te atreves a venir a insultarme? ¡Qué malagradecida, después de todo el tiempo que te cuidé el changarro!

AURORA: Es que es cierto, tú no eres brujo, ni chamán, ni hechicero... pero sí eres ocultista, porque ocultas la verdad, pues ni siquiera el curso de magia que dio Chirriscuás en el teatro de la ANDA lo terminaste.

CLIENTE: ¿Lo que dice la maestra de Astronomía es cierto?

PROFESOR ESTANISLAO: No voy a responder ninguna de esas infamias que esta señora viene a reclamar. Pero te pido no te molestes conmigo, yo no quería hacer el mal, yo quería ayudar a la gente y que me respetaran, así como te respetan a ti.

AURORA: Lo voy a aceptar. Lo primero que voy a hacer es arreglar todos los desastres que hiciste con los clientes y luego veré qué castigo te voy a poner... ¿De acuerdo?

PROFESOR ESTANISLAO: De acuerdo.

CLIENTE: Entonces, ¿sí me va a ayudar con lo de mi señora?

AURORA: ¡Claro! Estanislao, pásame la baraja.

PROFESOR ESTANISLAO: Aquí está, maestra.

AURORA: *(Revolviendo las cartas).* Corre y se va, corre y se va...

CLIENTE: ¡No, me diga, usted también con la lotería!

AURORA: No crea que lo estoy vacilando, es el tarot mexicano. ¿Quiere que lo ayude o no?

CLIENTE: Sí, maestra del astrolabio.

AURORA: ¡Astrología!

CLIENTE: ¡Sí, eso!

AURORA: Corre y se va corriendo con... ¡el venado!

CLIENTE: Eso no creo que sea bueno, ¿verdad?

AURORA: No, porque esta carta lo representa a usted.

CLIENTE: … ¿Entonces usted cree que mi señora me está haciendo los tamales de chivo?

AURORA: Mucho me temo que sí, y la siguiente carta nos va a decir con quien: EL NEGRITO.

CLIENTE: ¡Ay, no vaya a ser el del WhatsApp! ¿Y ahora qué voy a hacer?

AURORA: Veamos… *(Saca más cartas).* ¡El valiente y la rana! O sea que sea muy valiente y que salte de ahí como las ranas.

CLIENTE: ¿En pocas palabras que me busque a otra?

AURORA: Ándele, ya va entendiendo, y déjeme decirle que usted es un caballero muy guapo… *(Lo empieza a seducir).*

CLIENTE: ¿En serio?

AURORA: Sí… y me gustaría seguir con la lectura, pero en la parte de atrás del negocio… ¿Cómo ve?

CLIENTE: Ya me convenció. Vamos maestra, porque esta noche ¡cena Pancho!

(Salen los dos).

PROFESOR ESTANISLAO: ¡Qué prontos, qué prontos…!

FIN

Tadeo Padua Mata
25 de octubre de 2021

Estanislao, el invidente
(Obra corta en 3 escenas)

PERSONAJES:

DOÑA CUQUITA
PROFESOR ESTANISLAO
PROFESOR PLUTARCO
DAMA QUE ESPERA UN TAXI *(Muy arreglada, con bolsa en mano).*
POLICÍA *(Clásico oficial de policía).*

ESCENA I

(Aparece Estanislao en la cafetería de doña Cuquita, durmiéndose, cabecea y ronca de vez en vez. Llega Cuquita y lo despierta).

DOÑA CUQUITA: ¡Profesor! ¡Profe! *(Al ver que no hay respuesta, toma el periódico y le pega a la mesa).* ¡Maestro, despiértese!

PROFESOR ESTANISLAO: *(Atolondrado)* ¡Ay! ¡Ay! ¡Ni crea que estaba dormido, maestro Plutarco, estaba descansando los ojos, pero ahorita le llevo la planeación...!

DOÑA CUQUITA: Maestro, cálmese, tranquilo; no está en la escuela, está en el café.

PROFESOR ESTANISLAO: Tiene razón… Nombre, es que Plutarco ya me trae bombo con los quehaceres de la escuela. Qué sujeto tan exigente, negrero, esclavista…

(Va entrando Plutarco y se pone detrás de él).

PROFESOR ESTANISLAO: … abusivo, autócrata…

PROFESOR PLUTARCO: Dictador, tirano, imperialista…

PROFESOR ESTANISLAO: *(Lo ve y se asusta).* ¡Plutarco!

PROFESOR PLUTARCO: Con que hablando mal de mí a mis espaldas, Estanislao.

PROFESOR ESTANISLAO: ¡No! ¿Cómo va a ser? Yo estaba… estaba… *(Toma el periódico y pluma rápidamente).* buscando sinónimos para resolver mi crucigrama… ¡Sí, eso es!

DOÑA CUQUITA: ¡Miente!

PROFESOR PLUTARCO: Como era de esperarse… Pero bueno, ya conozco cómo se las gasta el

Pelucón este, que avienta la piedra y luego esconde la mano. Mejor tráigame mi café, por favor. *(Toma asiento).*

DOÑA CUQUITA: Con mucho gusto, profesor. *(Sale).*

PROFESOR ESTANISLAO: Ahora regresaste muy temprano de la escuela, dijiste que tenías cita con la inspectora...

PROFESOR PLUTARCO: Se tuvo que suspender y de verdad que me apura en calidad de bastante, porque no han autorizado el presupuesto para las reparaciones del plantel.

PROFESOR ESTANISLAO: ¿Qué no anda Samuel consiguiendo padrinos para las primarias y secundarias?

PROFESOR PLUTARCO: Sí, ya estamos inscritos, pero la lista está bien larga. Primero va una escuela de Parás, luego a otra de Montemorelos. Le siguen la de Ocampo, Mina, Los Herreras, Agualeguas y luego la de nosotros.

PROFESOR ESTANISLAO: Entonces vamos después de Agualeguas... ¡Ah, qué la fregada!

PROFESOR PLUTARCO: Seguro que nos la arreglan para cuando acabe el ciclo escolar...

(Llega Cuquita con el café de Plutarco y la jarra).

DOÑA CUQUITA: No es que ande yo de metiche, pero alcancé a escuchar que necesitan fondos para la escuela... ¿Por qué no organizan una kermés?

PROFESOR PLUTARCO: No, ya lo intenté, pero los de salubridad no me dieron permiso ¡que porque hay **COVID**!

PROFESOR ESTANISLAO: Si ya estamos en verde. Claro, hay que seguirnos cuidando...

PROFESOR PLUTARCO: La verdad es que me pedían moche, y pues así no.

PROFESOR ESTANISLAO: ¡Pero si ya se fue De la O!

DOÑA CUQUITA: Oigan, ¿y si hacen una rifa?

PROFESOR PLUTARCO: ¡Menos! Porque hay "algunos profesores" que se clavan el dinero de los boletos… ¿Verdad, Estanislao?

PROFESOR ESTANISLAO: *(Haciéndose loco).* ¿Eh?… Como que eso último no te lo escuché muy bien…

PROFESOR PLUTARCO: La verdad ya no se me ocurre nada y nos urge, porque tenemos muchas carencias, con eso de que se metieron a robar, no tenemos computadoras, hasta los pupitres nos volaron, los vidrios todos rotos de los salones… Esto está para llorar.

DOÑA CUQUITA: Y así hay muchas escuelas todavía.

PROFESOR ESTANISLAO: ¡Espera, Plutarco, tengo una idea!

PROFESOR PLUTARCO: Estanislao, no me lo tomes a mal, pero tus ideas siempre nos traen problemas.

PROFESOR ESTANISLAO: ¿Cómo va a ser? A ver, recuérdame alguna… *(Plutarco apenas va a abrir la boca).* No me respondas. Tú nomás confía en mí, yo sé lo que te digo. Este plan no falla, ya lo tengo todo visualizado…

DOÑA CUQUITA: ¡Pues diga!

PROFESOR ESTANISLAO: Voy a caracterizarme de ciego y me voy a ir a pedir limosna a la gente del centro.

DOÑA CUQUITA: ¿Va a andar de méndigo?

PROFESOR ESTANISLAO: De mendigo.

PROFESOR PLUTARCO: ¿Es en serio, Estanislao? ¿Tan bajo piensas caer? Pero… ¿sí crees que te vayan a dar?

PROFESOR ESTANISLAO: ¡Ay, no! ¡Si yo no voy a eso! *(Pone las manos tapando su retaguardia).*

PROFESOR PLUTARCO: ¡Dinero, Estanislao! ¡que te vayan a dar dinero! ¡Ah, qué malpensado eres!

PROFESOR ESTANISLAO: ¡Ah, dinero! ¡Sí! ¡Saqué la idea de una película que vi el otro día de Joaquín Pardavé, le hacía de ciego y le daban bastantes centavos!

PROFESOR PLUTARCO: Pues allá tú.

(Plutarco y Cuquita salen).

*(*OSCURO*)*

ESCENA II

(En la calle. Estanislao se pone los lentes y toma una lata y empieza a hacer su faramalla entre el público. Llega la dama que espera

el taxi, se pone debajo del escenario, de pie con bolsa y celular en mano).

PROFESOR ESTANISLAO: ¡Ayuden a este pobre ciego! ¡Una ayudita! ¡Ay, lo que sea su voluntad! *(Al llegar con la dama, hace como que choca accidentalmente adrede).*

DAMA: ¡Más cuidado, fíjese por dónde camina!

PROFESOR ESTANISLAO: ¿Qué? ¿Quién dijo eso? *(Volteando para todos lados, entrando en su papel).*

DAMA: *(Dándose cuenta de que Estanislao no ve).* Ay, disculpe, no tenía idea de que usted… este… ¿Puedo ayudarlo en algo? ¿Está buscando una dirección? O ¿quiere que le ayude a hacerle la parada…?

PROFESOR ESTANISLAO: ¡Sí! ¡Eso, eso quiero!

DAMA: … a un camión o a un taxi?

PROFESOR ESTANISLAO: Ya me había emocionado…

DAMA: ¿Cómo dice?

PROFESOR ESTANISLAO: Ah, sí, fíjese que ando pidiendo una ayuda. *(Le enseña el botecito).* Con lo que guste cooperar, güerita.

DAMA: *(Amable)* Claro. *(Saca de su bolsa la cartera, pero luego la vuelve a guardar).* Oiga, ¿por qué me dice "güerita" si se supone que no puede ver?

PROFESOR ESTANISLAO: Ah… Es que así como los marchantes, ya ve que a todo mundo hasta a los más prietitos les andan diciendo güeros…

DAMA: *(No muy convencida)* Mmm… eso sí. Y ¿usted nació ciego, o fue perdiendo la vista?

PROFESOR ESTANISLAO: Me fui quedando ciego, fíjese. ¿Oiga, le puedo decir algo?

DAMA: Dígame.

PROFESOR ESTANISLAO: *(Quitándose los lentes).* ¡Qué ojos tan bonitos tiene!

DAMA: *(Sorprendida)* ¿No que muy ciego?

PROFESOR ESTANISLAO: *(Nervioso)* ¡No, yo no dije que era ciego!

DAMA: ¿No?

(Estanislao saca una estampita de algún lado y se la da).

DAMA: *(Leyendo en voz alta).* "Soy sordomudo, una ayuda por favor". ¿Quieres verme la cara? ¡Hemos estado platicando desde hace rato! ¡No sé qué es lo que quieres, pero yo le voy a hablar a la policía!

PROFESOR ESTANISLAO: ¡No, por favor, no!

DAMA: *(Empieza a gritar desesperada).* ¡Policía! ¡Policía!

PROFESOR ESTANISLAO: ¡Patitas pa qué las quiero!

(Estanislao se va velozmente y llega el policía).

POLICÍA: ¿Qué pasa, señorita, qué pasa? ¡A sus órdenes!

DAMA: ¡Un desgraciado que se anda haciendo pasar por ciego se quiso propasar conmigo, oficial!

POLICÍA: ¿Para dónde se fue?

DAMA: ¡Corrió para allá! *(Señala).*

(Ambos van en la dirección).

(OSCURO)

ESCENA III

(Aparecen Plutarco y Cuquita en la mesa del café).

DOÑA CUQUITA: ¿Le sirvo más café, profesor?

PROFESOR PLUTARCO: ¡Por favor!

(Entra Estanislao).

PROFESOR ESTANISLAO: ¡Ayúdenme a esconderme! ¡Me vienen persiguiendo!

PROFESOR PLUTARCO: ¿En qué lío te metiste, Estanislao?

PROFESOR ESTANISLAO: ¡Es que andaba pidiendo dinero, como les había dicho, y no creen que conozco a una chica, pero guapísima!

DOÑA CUQUITA: ¿Y luego?

PROFESOR ESTANISLAO: ¡Pues se me olvidó que andaba de ciego y le tiré los perros y que le habla a la policía!

PROFESOR PLUTARCO: ¡Eso te pasa por andar de caliente, Estanislao!

(Entran el policía y la dama).

DAMA: *(Señalando a Estanislao).* ¡Ese es, oficial, el pervertido que se quiere pasar de listo!

PROFESOR ESTANISLAO: ¡Adiós! *(Hace como que va a correr para salir de ahí).*

POLICÍA: ¡No tan rápido!

PROFESOR ESTANISLAO: *(En cámara lenta).* ¿Le parece así?

POLICÍA: ¡No, no, deje los chistes para los comediantes de a de veras! *(Se le acerca y lo esposa).*

PROFESOR ESTANISLAO: ¡Plutarco, defiéndeme, diles que esto es una equivocación!

POLICÍA: ¿Ustedes conocen a este hombre?

PROFESOR PLUTARCO: La verdad, no.

DOÑA CUQUITA: Nunca lo había visto.

POLICÍA: ¡Ándele, camínele, directito a la delegación! ¿Señorita, allá nos alcanza para que interponga la denuncia?

DAMA ¡Claro, oficial!

(Salen los tres).

PROFESOR PLUTARCO: ¡Eso le enseñará a Estanislao a no andarle pegando al maje!

DOÑA CUQUITA: Oiga, profe, pero en serio, ¿no le va a ayudar?

PROFESOR PLUTARCO: Ya veremos si me completa para la fianza. Si no, que se espere encerrado lo que se tenga que esperar.

DOÑA CUQUITA: Mientras el profesor Estanislao espera, ¿no le gustaría pasar a la trastienda?

PROFESOR PLUTARCO: ¿A la trastienda?

DOÑA CUQUITA: Sí. ¿Cómo ve, vamos?

PROFESOR PLUTARCO: ¡Ya me convenció, ya estuvo que esta noche cena Pancho!

(Salen).

FIN

Tadeo Padua Mata
10 de noviembre de 2021

Estanislao: intento de payaso fracasado
(Obra corta en 2 escenas)

PERSONAJES:

PROFESOR PLUTARCO
PROFESOR ESTANISLAO
DOÑA CUQUITA
COMADRE PANCHIS *(Comadre de Cuquita. Mujer arreglada con vestido de fiesta, collares, pulseras).*

ESCENA I

(Aparece Plutarco al centro. Es la calle, está esperando un taxi o algún otro medio de transporte. Llega Estanislao y lo intercepta).

PROFESOR ESTANISLAO: ¡Director Plutarco! ¿Qué estás haciendo aquí? Vaya, siempre a donde voy termino encontrándome contigo.

PROFESOR PLUTARCO: Pues claro, porque así viene escrito en el guion…

PROFESOR ESTANISLAO: *(Cínico)* Ah, pues sí, verdad... y no me has respondido. ¿Qué es lo que estás haciendo?

PROFESOR PLUTARCO: Espero un taxi o un camión para ir a la calzada Madero a buscar un fara-fara o mariachi, se acerca el día de las madres y le quiero llevar la sorpresa a Cuquita.

PROFESOR ESTANISLAO: Ah, qué detalle. Pero, Plutarco, ¡esos cobran bien caro!

PROFESOR PLUTARCO: ¡No me digas!

PROFESOR ESTANISLAO: Sí te digo, mi compadre Cayetano *(Puede decir el nombre de alguien del público).* contrató a unos músicos de ahí de la calzada precisamente, y de tan centaveros ya no hallaba ni cómo pagarles...

PROFESOR PLUTARCO: ¿En serio, Estanislao?

PROFESOR ESTANISLAO: ¡Sí! Yo tengo una mejor idea y de paso hasta te ahorras unos centavos, ya eso de las serenatas en diez de mayo está muy viciado.

PROFESOR PLUTARCO: ¿Tú crees?

PROFESOR ESTANISLAO: ¡Sí! Hay que cambiarle, traemos a la pobre de Denisse de Kalafe como el Santa Clos de las mamás año con año...

PROFESOR PLUTARCO: En eso sí tienes razón... ¿Y qué sugieres?

PROFESOR ESTANISLAO: Te propongo un *show* de comedia, de las tres "B".

PROFESOR PLUTARCO: Me agrada la idea. Y ¿a quién piensas contratar?

PROFESOR ESTANISLAO: A uno de los mejores de todo Monterrey.

PROFESOR PLUTARCO: ¿No me digas que a Danny Guerra?

PROFESOR ESTANISLAO: No tan bueno, ese cobra muy caro…

PROFESOR PLUTARCO: ¿A Yoyita y Chirriscuás?

PROFESOR ESTANISLAO: No.

PROFESOR PLUTARCO: ¿A Lázaro y Globito?

PROFESOR ESTANISLAO: No, no, el *show* lo daré yo mismo.

PROFESOR PLUTARCO: ¿Tú? *(Suelta una carcajada y luego cambia a serio).* Por supuesto que no.

PROFESOR ESTANISLAO: ¿No confías en mí, acaso?

PROFESOR PLUTARCO: Pues…

PROFESOR ESTANISLAO: Dime, ¿cuándo te he fallado? *(Plutarco apenas va a hablar).* No me respondas… *(Lo va sacando de escena).* Tú no te preocupes, confía en mí; ya lo tengo todo visualizado.

(OSCURO)

ESCENA II

(Es la casa de Cuquita, está la mesa con el mantel blanco y un jarrón de flores, unas sillas acomodadas en fila. Llega la comadre con el pastel)

PANCHIS: ¡Comadre Cuquita! ¡Ya llegué!

(Entra Cuquita).

DOÑA CUQUITA: ¡Pásate, Panchis!

PANCHIS: Feliz día, comadre. Mire, traje un pastel.

DOÑA CUQUITA: ¡Ay, gracias, comadre, no te hubieras molestado!

PANCHIS: No es ninguna molestia.

DOÑA CUQUITA: Gracias, gracias, vamos a ponerlo aquí.

(Cuquita pone el pastel en la mesa, llega Plutarco).

PROFESOR PLUTARCO: Ya nada más la estábamos esperando a usted, comadre Panchis, ¡Ya va a comenzar el *show*!

PANCHIS: ¿Va a haber *show*?

DOÑA CUQUITA: *(Emocionada, oronda)* Sí, comadre. Mi viejo contrató a un comediante bien famoso.

PANCHIS: ¿Ah, sí? ¿Quién será?

PROFESOR PLUTARCO: Es sorpresa.

PANCHIS: Ay, no sean así. ¡Dime quién es, comadre!

DOÑA CUQUITA: Plutarco tampoco me quiso decir quién era. ¡Qué emoción!

(Entra Estanislao vestido de payaso, muy tomado).

PROFESOR ESTANISLAO: Qué dijeron, ¿ya no vino? Ya llegó por quien preguntaban, no, por quien lloraban, o ¿cómo era?

DOÑA CUQUITA: Plutarco, ¿de dónde sacaste a este borracho?

PROFESOR PLUTARCO: *(Apenado)* Es el profesor Estanislao… *(Se le acerca).* Ya ni la friegas. ¿Por qué llegas así?

PROFESOR ESTANISLAO: Es que así se usa, ahora lo que está de moda son los "estando pedos".

PROFESOR PLUTARCO: ¡Se dice "standuperos", de *stand up*, Estanislao!

PROFESOR ESTANISLAO: *(Autoritario)* ¡Como se diga! ¿Me van a dejar trabajar?

PROFESOR PLUTARCO: Pues ya qué…

PROFESOR ESTANISLAO: Para comenzar mi acto, les voy a contar un chiste.

(Silencio incómodo).

PROFESOR PLUTARCO: *(Empieza a tratar de animar).* ¡Chiste, chiste!

TODOS: ¡Chiste, chiste!

PROFESOR ESTANISLAO: Dime cuántos cuentos cuentas cuando cuentas cuentos, dime cuantos... No, esperen, ese es un trabalenguas... ¿Qué era lo que iba a hacer?

DOÑA CUQUITA: A contar un chiste.

PROFESOR ESTANISLAO: ¡Ah, sí! Le dice el marido a la señora: "¡Vieja, los frijoles se están pegando!" Y ella le contesta: "Déjalos, así juegan ellos"...

(Plutarco, Cuquita y Panchis se mantienen estoicos).

PROFESOR ESTANISLAO: Parece que no le entendieron...

PANCHIS: ¡Obvio sí le entendimos, pero obvio no dio risa!

PROFESOR ESTANISLAO: Ya veo, público difícil. Entonces les voy a contar la breve historia de un pastel: "Ah, pastel de nuez; ah, que así no es. Ah, pastel de coco; ah, que así tampoco. Ah, pastel de mermelada; ah, que usted no sabe nada...

DOÑA CUQUITA: ¡Oiga, usted nomás está divagando!

PROFESOR ESTANISLAO: Eh... sí, divagué, ¿verdad?... Pues para continuar...

PANCHIS: *(Asombrada)* ¡Se va a atrever a continuar!

PROFESOR PLUTARCO: Tranquila, estimada Panchis, no creo que pueda llegar a ser peor.

PROFESOR ESTANISLAO: Voy a hacer algo de "globogamia"

PANCHIS: ¿De qué?

PROFESOR ESTANISLAO: No, perdón, quise decir "globofilia"

DOÑA CUQUITA: ¿Qué dijo?

PROFESOR ESTANISLAO: Perdón, perdón, voy a hacer la "globalifobia"

PROFESOR PLUTARCO: ¡Se dice "globoflexia", Estanislao!

PROFESOR ESTANISLAO: Sí, eso.

PROFESOR PLUTARCO: Está tan ebrio que no sabe ni lo que dice.

(Estanislao saca entonces un globo de esos para hacer figuras, no lo puede inflar).

PANCHIS: *(Grita burlándose)* ¡Ese ya no sopla!

PROFESOR ESTANISLAO: Espérenme *(Saca la bomba para inflar globos y lo infla rápidamente, entonces intenta hacer una figura, pero no le sale).* ¡Y tarán! ¡Una salchicha!

175

PROFESOR PLUTARCO: Me equivoqué. No pensé que llegara a ser peor.

PROFESOR ESTANISLAO: Ahora, amiguitos, ha llegado el momento de...

DOÑA CUQUITA: *(Se pone de pie).* De irse. *(Lo va llevando a la salida).* Gracias por su *show*, maestro Estanislao, pero ya fue suficiente. Además, se está haciendo tarde y es la hora de partir el pastel.

PROFESOR ESTANISLAO: ¡Haberlo dicho antes! *(Lleva a Cuquita de regreso).* ¡Yo voy a cantar las mañanitas para partir el pastel!

TODOS: NOOO.

PROFESOR ESTANISLAO: *(Toma el pastel y valseando empieza a cantar).* Sapo verde tú y yo, sapo verde tú y yo. Sapo verde, sapo verde, sapo verde1 tú y yo...

(Se tropieza y se embarra el pastel en la cara "por accidente". Plutarco lo detiene, todos hacen exclamaciones).

PROFESOR ESTANISLAO: Mmm... de zarzamora.

DOÑA CUQUITA: ¡Qué fraude de *show* me trajiste, Plutarco!

PANCHIS: La verdad... ¡Qué feo, compadre!

PROFESOR PLUTARCO: No se preocupen, por eso me preparé con anticipación. El que sabe, sabe. Así que traje a un comediante profesional.

DOÑA CUQUITA: ¿De verdad?

PROFESOR PLUTARCO: ¡Sí, en unos momentos más, con ustedes tenemos el *show* de Danny Guerra!

(Salen todos).

FIN

Tadeo Padua Mata
19 de abril de 2022

Buenos maestros

PERSONAJES:

PROFESOR ESTANISLAO
PROFESORA EUFEMIA *(Formal, cabello recogido, puede estar consumiendo una paleta Tutsi).*
PROFESOR PLUTARCO

(Es la oficina del director de la escuela, la del profesor Plutarco. Entran Estanislao y Eufemia misteriosamente).

PROFESOR ESTANISLAO: Oiga, maestra Eufemia.

PROFESORA EUFEMIA: Dígame, maestro Estanislao.

PROFESOR ESTANISLAO: ¿Qué le parece si jugamos a algo? Aprovechando que no está el director de la escuela, el viejo cascarrabias de Plutarco. *(Se soba las manos, como tramando algo).*

PROFESORA EUFEMIA: ¿Y a qué jugamos?

PROFESOR ESTANISLAO: Al póker, pero de a cincuenta pesos por juego… No venía preparado. *(Se ríe y saca las cartas de alguna parte).*

PROFESORA EUFEMIA: *(Toma las cartas y las barajea. A Estanislao).* Pártela. *(Reparte y lo dice en voz alta).* Yo sirvo: una, dos, tres, cuatro, cinco…

PROFESOR ESTANISLAO: *(Al ver su juego).* Me planto. *(Pone las cartas sobre el escritorio).* Vas tú, maestra.

PROFESORA EUFEMIA: Vamos a ver… tercia de reinas, como yo, pero conmigo es póker.

PROFESOR ESTANISLAO: *(Molesto, desanimado)* ¡Chingao! ¡Me ganas! ¡Solamente un par de jotitos! *(Avienta las cartas con desdén).*

(Entra Plutarco).

PROFESOR PLUTARCO: *(Detrás de Estanislao, sin que lo vea).* ¡Como tú!

PROFESOR ESTANISLAO: *(Molesto)* ¿Cómo te atreves?

PROFESORA EUFEMIA: *(Titubea, nerviosa).* Director Plutarco.

PROFESOR ESTANISLAO: *(Asustado, voltea a verlo).* ¡Plutarco! *(Intenta esconder la baraja velozmente, pero se le cae al piso de los nervios).*

PROFESOR PLUTARCO: ¡Ajajá! *(Le ayuda a recoger las cartas).* ¡Los atrapé con las manos en la masa! ¡Los juegos de azar están prohibidos en esta institución!

PROFESORA EUFEMIA: ¡Ay, dire, no es para tanto! ¡Ni cuando daba clases en el Excélsior las monjitas eran tan aguafiestas!

PROFESOR PLUTARCO: ¡Maestra Eugenia! ¿Cómo se atreve?

PROFESORA EUFEMIA: Mi nombre es Eufemia.

PROFESOR PLUTARCO: Eso dije: Eugenia.

PROFESORA EUFEMIA: EU-FE-MIA.

PROFESOR PLUTARCO: Eufemia, Eugenia... ¿Cuál es la diferencia? ¡Y ya no me interrumpa porque se me va la línea! *(Golpea con los papeles que trae el escritorio).*

PROFESORA EUFEMIA: *(Insolente)* Perdón.

PROFESOR PLUTARCO: ¿En qué iba?

PROFESOR ESTANISLAO: *(Vivales)* Estabas diciendo que nos ibas a dar menos horas por más sueldo y que nos dabas permiso a la maestra y a mí de usar tu oficina.

PROFESOR PLUTARCO: *(Confundido)* ¿Eso dije?

PROFESORA EUFEMIA: *(Siguiendo la corriente).* ¡Sí, dire! Deje lo acompaño a la puerta. *(Lo va encaminando)*

PROFESOR PLUTARCO: Gracias… *(Ya casi para salir reacciona).* ¡No! ¡A eso no vine!

PROFESORA EUFEMIA: Gracias por venir, señor director, nos vemos a la salida… *(Empujándolo).*

(Plutarco seguía discutiendo, pero Eufemia termina por echarlo fuera completamente).

PROFESOR ESTANISLAO: Ese Plutarco es tremendo, qué bueno que me seguiste la corriente.

PROFESORA EUFEMIA: ¿Jugamos otra partida?

PROFESOR ESTANISLAO: ¡Vas! Pero de a cien pesos.

PROFESORA EUFEMIA: ¡Ay sí, tú muy dineroso! Yo nada más voy a poner cincuenta.

PROFESOR ESTANISLAO: Sobres, de a tostada.

(Regresan a tomar sus lugares originales y entra Plutarco furioso).

PROFESOR PLUTARCO: *(Enfadado)* ¿Cómo se atreven a echarme y de mi propia oficina? ¡Son unos insolentes, irrespetuosos, irreverentes! ¡Es momento de tomar medidas!

PROFESOR ESTANISLAO: *(Liviano)* ¡Haberlo dicho antes! Toma. *(Le da algo en la mano).*

PROFESOR PLUTARCO: *(Desenreda el presente, es una cinta métrica. Mira a Estanislao con desprecio).* ¡Muy gracioso, Estanislao, muy gracioso! ¡Le voy a hablar a Óscar Burgos, para ver si te da oportunidad en su programa, ahora que yo te despida!

PROFESOR ESTANISLAO: ¡No!

PROFESOR PLUTARCO: ¡Ya, siéntense los dos que tengo algo muy importante que comunicarles!

PROFESORA EUFEMIA: *(Temerosa)* Sí, director Plutarco.

PROFESOR ESTANISLAO: Sí, maestro.

PROFESOR PLUTARCO: Llegaron órdenes de la Secretaría de Educación para que se implementen los clubes escolares de Artísticas.

PROFESORA EUFEMIA: *(Insolente)* ¿Y eso en qué nos beneficia?

PROFESOR PLUTARCO: ¡Silencio, maestra Eulalia!

PROFESORA EUFEMIA: ¡Eufemia!

PROFESOR PLUTARCO: ¡Es igual! Necesito de su apoyo para ir formando los clubes y saber con cuál me pueden apoyar.

PROFESORA EUFEMIA: *(Soñadora)* ¡Ay, maestro, siempre he querido dar la clase de ballet!

PROFESOR ESTANISLAO: ¿Vas a enseñar a estacionar carros?

PROFESORA EUFEMIA: ¡Claro que no! ¡Ignorante! ¡El ballet, el baile, danza clásica!

PROFESOR PLUTARCO: Eso estaría muy bien ¿Sabe usted ballet, maestra Eustaquia?

PROFESORA EUFEMIA: ¡Eufemia! Y... en realidad no.

PROFESOR PLUTARCO: Maestra, esto es en serio, hay que hacer las cosas bien, en esta prestigiada institución se brinda educación de calidad.

PROFESOR ESTANISLAO: *(Sarcástico)* Claro...

PROFESOR PLUTARCO: ¡Estanislao! ¿Tú ya pensaste de qué club te harás cargo?

PROFESOR ESTANISLAO: *(Muy seguro)* Voy a dar el taller de cocina.

PROFESOR PLUTARCO: Es un rotundo no.

PROFESOR ESTANISLAO: ¿Por qué?

PROFESOR PLUTARCO: No te ofendas, maestro, pero siempre sales con tragedias y el que viene pagando los platos rotos soy yo.

PROFESOR ESTANISLAO: Estás mal. Confía en mí, ya lo tengo todo visualizado.

PROFESORA EUFEMIA: Sí, profe, dele la oportunidad.

PROFESOR PLUTARCO: Usted no se meta, maestra Eufrasia.

PROFESORA EUFEMIA: ¡Eufemia!

PROFESOR PLUTARCO: ¡Lo que sea! El caso es que él tiene terminantemente prohibido utilizar el área de cocina porque en una ocasión, allá por el año 97, al descuidado, distraído y desordenado profesor Estanislao, se le ocurrió meter a calentar su lonche al microondas. ¡Con todo y cuchara adentro!

PROFESORA EUFEMIA: ¿Es en serio que hiciste eso, maestro?

PROFESOR ESTANISLAO: Un error lo comete cualquiera.

PROFESOR PLUTARCO: ¿Un error? ¡Casi me cuesta el tener que cerrar la escuela! ¡Causaste una explosión!

PROFESORA EUFEMIA: *(Sorprendida)* ¿Tanto así?

PROFESOR ESTANISLAO: ¡Por supuesto que no! ¡Plutarco es muy exagerado! Solamente fue un corto circuito y me dejó de funcionar el aparato...

PROFESORA EUFEMIA: *(Compadeciéndolo)*. ¡Ay, no! Pobre de ti, Estanislao. ¿Cómo qué te dejó de funcionar el aparato? De por sí aparato chico y luego sin funcionar...

PROFESOR ESTANISLAO: ¡Estoy hablando del microondas!

PROFESORA EUFEMIA: Ah...

PROFESOR PLUTARCO: ¿Puedo continuar?

PROFESORA EUFEMIA: Perdón...

PROFESOR PLUTARCO: Estanislao dice que exagero. Lo que pasa es que no se quiere acordar de que la explosión fue tan grande que tuvimos que evacuar todo el recinto: personal, maestros, alumnos... ¡Vinieron los bomberos, Protección Civil, la policía y luego la prensa: Gilberto Marcos, Vico Canales, María Julia La Fuente y hasta Joel Sampayo "El reportero del aire" en su helicóptero!

PROFESOR ESTANISLAO: Ya no me hagas recordar, eso fue hace muchos años... Y mira, yo ya sabía lo de los clubes, así que me preparé y empecé a invitar a los alumnos y ya hasta tengo una lista de los que quieren entrar.

PROFESOR PLUTARCO: A ver, dame eso *(Le arrebata la lista)*. ¡Ay, Diosito, si son más de veinte! *(Empieza a leer en voz alta)*. "Zacarías Blanco", "Mary Conazo", "Elsa Nitario" *(Eufemia y Estanislao se voltean a ver el uno al otro, muy sacados de onda)*, "Elma Cano Prieto", "Elba Zurita", "Harry Mones". *(Abrumado)* Ya... no puedo seguir leyendo. ¿Pero qué obscenidades son éstas, maestro Estanislao? ¿Acaso quieres jugar con mi inteligencia?

PROFESOR ESTANISLAO: *(Nervioso, titubea un poco)*. Si estoy igual de sorprendido que tú. ¡Esos güercos canijos del 3° F me las van a pagar!

PROFESOR PLUTARCO: Maestros, no nos compliquemos, solo me quedan dos clubes. Ya hay Pintura, con Sergio González de León, Música con Javier López, el de la "Witchi Band", Dibujo Técnico con Cuauhtémoc Zamudio y Teatro con la Nena. *(Puede tomar los nombres de los maestros, de los invitados que haya entre el público)*.

PROFESOR ESTANISLAO: ¿Con la Nena Pineda?

PROFESOR PLUTARCO: ¡No! ¡Con la Nena Delgado!

PROFESORA EUFEMIA: ¡Ya sé, ya sé! ¡Yo quiero el taller de enderezado y pintura!

PROFESOR ESTANISLAO: ¿Sigues con los carros?

PROFESORA EUFEMIA: ¡No! Para que las alumnas se aprendan a arreglar, a peinar y a maquillar, porque viene cada niña tan fodonga…

PROFESOR PLUTARCO: ¡Ah, cultora de belleza! Quién mejor que usted, maestra Epifania.

PROFESORA EUFEMIA: ¡Y dale con cambiarme el nombre! ¡Me llamo Eufemia!

PROFESOR PLUTARCO: ¡Se me olvida! Pero bueno… ¿Y tú, Estanislao, ya te decidiste? Nomás no insistas con cocina, por favor…

(Suena el timbre).

PROFESOR ESTANISLAO: Ya es la hora de la salida y yo no trabajo horas extras, así que mañana nos ponemos de acuerdo. *(Va saliendo junto con Eufemia).*

PROFESOR PLUTARCO: ¡Solo cinco minutos!

PROFESORA EUFEMIA: ¡Hasta mañana, Profesor Plutón!

PROFESOR PLUTARCO: (Enojado, muy serio) ¡Alto Ahí, hijos de Elba Esther Gordillo!

(Estanislao y Eufemia se frenan en seco y voltean de nuevo con el Director)

PROFESOR ESTANISLAO: Está bien, te vamos a ayudar, pero vamos a comer, llévate los formatos y lo que falte del protocolo y ahí decidimos.

PROFESORA EUFEMIA: *(Emocionada)* ¡Sí, sí, sí! ¿Y a dónde vamos a ir?

PROFESOR ESTANISLAO: A dónde tú quieras, maestra, que al cabo Plutarco paga. *(La toma del brazo y salen).*

PROFESOR PLUTARCO: ¡Estanislao! Encima de que esta noche no cena Pancho, el que va a cenar eres tú y ¿aparte quieres que pague la cuenta? ¡Estás loco! *(Se va detrás de ellos reclamándoles).*

FIN

Tadeo Padua Mata,
14 de septiembre de 2022

Mi querida Hortensia

PERSONAJES:

PROFESOR PLUTARCO
PROFESOR ESTANISLAO
HORTENSIA MALGESTO *(Tiene el cabello recogido, mandil, tenis).*

(Entra Plutarco a la cafetería con carpeta y periódico en mano. Toma su lugar, mira en todas direcciones, como buscando a alguien, y al no encontrar a nadie comienza a leer el periódico).

PROFESOR PLUTARCO: *(Leyendo para sí).* No sé ni para qué sigo comprando el periódico; estas no son noticias, son tragedias. Problema tras problema, que sigue el COVID, el agua que tanto nos hace falta, la recesión, la inflación, la guerra en Rusia, la migración, la movilidad, la inseguridad... Y la lista sigue y sigue...

(Entra Estanislao).

PROFESOR ESTANISLAO: ¡Plutarco! ¡Qué sorpresa! ¡Qué gusto verte! ¿Cómo le va a mi director favorito?

PROFESOR PLUTARCO: *(Baja su periódico).* Muy bien, muy bien. ¿Y ese milagro que eres tan cortés conmigo, Estanislao? ¿O acaso estás siendo sarcástico, mi fino amigo?

PROFESOR ESTANISLAO: Me ofendes, yo me caracterizo por ser muy cordial con mis colegas y allegados.

PROFESOR PLUTARCO: Te conozco, Estanislao, algo has de traer entre manos…

PROFESOR ESTANISLAO: *(Se sienta).* No seas tan desconfiado. ¿Qué uno no puede andar de buenas de vez en cuando? Disfrutemos de la tarde y de un buen café, por supuesto. ¿Ya vino Cuquita a atenderte?

PROFESOR PLUTARCO: No, acabo de llegar y no se ha aparecido para tomar mi orden.

PROFESOR ESTANISLAO: Qué raro. ¿Dónde andará? *(Empieza a elevar la voz, llamándola).* ¡Cuquita! ¡Cuquita!

PROFESOR PLUTARCO: *(Lo secunda).* ¡Doña Cuquita!

(Como no viene nadie, Estanislao se mueve de su lugar para ir a la cocina a fijarse. Sale Hortensia).

PROFESOR ESTANISLAO: *(Se detiene al casi chocar con Hortensia, sorprendido, coqueto).* ¿Pero qué tenemos aquí? *(La toma de la cintura).*

PROFESOR PLUTARCO: Usted no es Cuquita.

HORTENSIA: ¡Claro que no! *(A Estanislao)* Y usted quíteme las manos de encima. ¡Atrevido!

PROFESOR ESTANISLAO: Usted disculpe. *(Regresa rápidamente a su lugar).*

HORTENSIA: Cuquita no está. Yo soy Hortensia Malgesto, para servirles.

PROFESOR PLUTARCO: Y le hace honor al apellido.

HORTENSIA: ¿Qué dijo?

PROFESOR PLUTARCO: *(Cubriéndose).* Eh… Decía que… más hermosa que usted no ha habido.

HORTENSIA: *(Sarcástica)* Qué lindo… ¿Y qué se les ofrece?

PROFESOR ESTANISLAO: Yo quiero un café, por favor.

HORTENSIA: Por supuesto. *(A Plutarco)* ¿Y usted?

PROFESOR PLUTARCO: ¿Tiene dónde apuntar?

HORTENSIA: *(Saca pluma y comanda).* Sí.

PROFESOR PLUTARCO: Tome nota: le voy a encargar un café de la variedad de maragogipe, en un tostado estilo europeo y un molido fino, por favor que no esté muy cargado. No me lo vaya a traer tibio, ni tampoco muy caliente. Con dos cucharaditas de azúcar mascabado y una pizca de canela. Además, le voy a pedir por favor unos panes tostados, que no se pasen de tueste, pero que tampoco estén aguados...

HORTENSIA: No, aguado no me gusta nada.

PROFESOR ESTANISLAO: Y hace usted muy bien.

PROFESOR PLUTARCO: ¡Ah! Casi lo olvido, le pone mermelada de conserva de naranja de esa que hacen en Allende.

HORTENSIA: ¡Óigame, óigame! ¡Ya desde el cafecito lo andaba mandando mucho a con su mamá a dar la vuelta!

PROFESOR PLUTARCO: ¿Cómo se atreve? ¡Qué grosera! Si soy un cliente y no cualquiera, soy un cliente pudiente. Acuérdese: "la raza paga, la raza manda"

HORTENSIA: Párele a su cuaco, mi Bronco. No se enoje.

PROFESOR ESTANISLAO: Tranquilo, Plutarco. ¡Respira y cuenta hasta diez!

PROFESOR PLUTARCO: De acuerdo. *(Toma aire y cuenta hasta diez en voz alta, pero muy rápido).* ¿Me va a traer lo que le pedí?

HORTENSIA: No.

PROFESOR PLUTARCO: *(Enfurecido)* ¿Y por qué?

HORTENSIA: Es que fíjese que el pan tostado se acaba de acabar.

PROFESOR PLUTARCO: ¿Qué le vamos a hacer? De casualidad, ¿no tendrá pan de dulce por ahí?

HORTENSIA: ¿Por ahí? ¡Por ahí no tengo nada! Pero está de suerte porque sí hay pan dulce.

PROFESOR PLUTARCO: ¡Yo quiero la dona!

HORTENCIA: *(Sorprendida)* ¡Épale, esa no se vende!

PROFESOR ESTANISLAO: Si Plutarco quiere la dona, entonces yo quiero la empanada.

HORTENSIA: *(Abrumada)* Tampoco… Se me hace que nada más estoy perdiendo el tiempo con un par de viejillos pervertidos y albureros como ustedes.

PROFESOR ESTANISLAO: *(Indignado)* ¿Pervertidos y albureros?

PROFESOR PLUTARCO: *(Indignado)* ¿Viejillos? *(Aclarando).* Si yo nada más estaba hablando de una dona azucarada…

PROFESOR ESTANISLAO: Y yo de una empanada, de piña o de cajeta, no sé de qué haya…

PROFESOR PLUTARCO: ¿En qué estaba pensando usted?

HORTENSIA: *(Fingiendo estar de acuerdo).* En lo mismo. Lo que pasa es que esos panes también se acabaron. Solo tengo estos que me quedaron del desayuno *(saca una bolsa de papel con los panes de su mandil)* y son exactamente dos, uno para cada uno. *(Extiende unas servilletas como platos y los coloca ahí).* Ahí tan. *(Se chupa los dedos).*

PROFESOR PLUTARCO: *(Sarcástico)* Qué generosa, señorita Hortensia, pero ¿y el café? Se me va a atorar...

HORTENCIA: ¿Qué cosa?

PROFESOR PLUTARCO: ¡El pan!

HORTENSIA: Claro, no sé en qué pensaba, ya vengo. *(Sale).*

PROFESOR PLUTARCO: ¿Cómo ves a Hortensia?

PROFESOR ESTANISLAO: Con los ojos.

PROFESOR PLUTARCO: ¡Estanislao! Me refiero a tu percepción.

PROFESOR ESTANISLAO: Me encanta.

PROFESOR PLUTARCO: Tiene muy mal carácter, amigo, date cuenta.

PROFESOR ESTANISLAO: Pues así me gusta.

(Regresa Hortensia con dos tazas con agua caliente y las pone sobre la mesa).

HORTENSIA: *(Grosera)* Aquí tienen su agua de calcetín.

PROFESOR PLUTARCO: *(Indignado)* ¡Pero esto es solo agua caliente!

HORTENSIA: ¡Ah, sí! *(Saca de su mandil un frasco de café soluble y un par de cucharas, que pone sobre la mesa también).* Es para que ustedes mismos se lo preparen y déjenme les cobro la cuenta de una vez... *(Toma la comanda, hace como que suma).* Son doscientos pesos de cada uno.

PROFESOR PLUTARCO: *(Indignado)* ¡Doscientos pesos! ¡Ni que estuviéramos en el hotel Quinta Real en San Pedro!

HORTENSIA: ¿No que muy pudiente?

PROFESOR PLUTARCO: ¡Claro que sí! ¡Pero esto es un abuso! ¿Doscientos pesos por pan viejo y café marca Aurrerá?

HORTENSIA: *(Retadora)* Y si quiere. Aquí atendemos mal, damos muy caro y la gente como quiera sigue viniendo.

PROFESOR PLUTARCO: *(Saca el dinero de mala gana y lo pone sobre la mesa).* En serio que el servicio aquí es de acero.

PROFESOR ESTANISLAO: ¿De acero?

PROFESOR PLUTARCO: ¡Sí! De a cero estrellas. No vuelvo a venir, gracias por nada. *(Toma sus cosas y se va).*

PROFESOR ESTANISLAO: Pues ya se fue Plutarco, se me hace que se te pasó la mano un poquito...

HORTENSIA: Yo nomás hice lo que tú me dijiste, que el profesor se enojara demás ya no es mi culpa. Pero ya tenemos la cafetería para nosotros solos.

PROFESOR ESTANISLAO: Pues ve a poner el letrero de cerrado, no, mejor el de no molestar…

HORTENSIA: ¿Y nos vamos a la trastienda?

PROFESOR ESTANISLAO: *(Emocionado)* ¡Sí! ¡Porque esta noche no cena Pancho, no, esta noche ceno yo!

HORTENSIA: ¡Y mañana, otra vez!

(Salen hacia la trastienda).

FIN

Tadeo Padua Mata
31 de julio de 2022

GALERÍA DE FOTOGRAFÍAS

Fig. 1 (Izq. a der. Arq. Juan Alanís Tamez, Yolanda Salazar y Tadeo Padua promocionando la primera función de *Las Variedades del Espacio Cultural del Barrio*. XET, Multimedios Radio Monterrey N. L. 15 de junio de 2015.

Fig. 2 Yolanda Salazar y Tadeo Padua interpretando a Doña Cuquita y al Profesor Estanislao. Espacio Cultural de Barrio, Monterrey N. L., junio de 2015

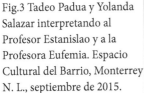
Fig.3 Tadeo Padua y Yolanda Salazar interpretando al Profesor Estanislao y a la Profesora Eufemia. Espacio Cultural del Barrio, Monterrey N. L., septiembre de 2015.

Fig. 4 (Izq. a der.) *Juliancito* Villarreal, Elena Villarreal, Yolanda Salazar y Tadeo Padua, representando el sketch *La Maestra que se duerme*. Espacio Cultural del Barrio, Monterrey N. L., julio de 2015.

Fig. 5 (Izq. a der.) Juan Alanís Tamez, Tadeo Padua y Adriana Almaguer representando el sketch *La Nueva Conquista*. Botanero 209, Monterrey, N. L. 6 de febrero de 2020.

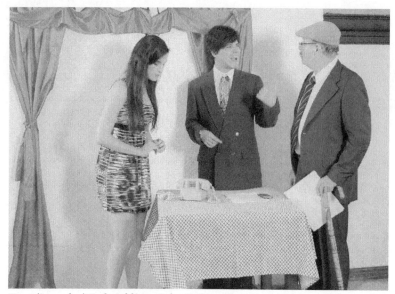

Fig. 6 (Izq. a der.) Perla Saldívar, Tadeo Padua y Juan Alanís Tamez, representando el sketch *La tienda de antigüedades*. Botanero 209, Monterrey, N. L., febrero de 2019.

Fig. 7 (Izq. a der.) Juan Alanís Tamez, Tadeo Padua y *Godínez Show* en lectura del
sketch *D'Sastres*. Monterrey, N. L. mayo de
2019.

Fig.8 (Izq. a der.) Tadeo Padua, Aurora Palacios, y Juan Alanís Tamez, representando el sketch *La Estética*. Casa Padre Mier, Monterrey N. L., 7 de julio de 2021.

Fig. 9 Tadeo Padua y Dalila Santos como Estanislao y Eufemia en el sketch *Buenos Maestros*. Teatro de la Cd. de San Nicolás, 25 de septiembre de 2022.

Agradecimientos

Muy contento de poder compartir mi primer publicación y agradecido con todos los que lo hicieron posible, con mi familia, mi papá, mi mamá y mi hermano que han tenido la paciencia de confiar en un servidor.

Muy agradecido con mi apreciado Juan Alanís, *El Ajonjolí de todos los moles*, por ser mi padrino de letras y escribir el prólogo de esta publicación, gran amigo que está en las buenas y en las malas, reconocido actor, historiador, poeta, escritor y declamador (entre otros más oficios y profesiones) de nuestro Nuevo León.

Agradezco, también, por supuesto a todos los amigos y compañeros actores (nombrados en el prólogo) que han participado en cada una de estas obras cortas cuando fueron estrenadas ante el público, y que le pusieron un toque especial a cada personaje que aquí se menciona.

Agradecido especialmente con mi amiga la maestra Yolanda Salazar Saldaña, quien encarnara a la primera Doña Cuquita en un sinnúmero de representaciones y fuera quien secundara conmigo la creación del espectáculo de *Las Variedades de Tadeo Padua*.

Por supuesto agradezco a mi querida Dalila Santos por crear en mí la iniciativa de crear cosas nuevas, por su paciencia para conmigo, por su amistad y por relacionarme con las personas adecuadas para desarrollar este maravilloso proyecto del que estoy orgulloso.

Y finalmente, no puedo dejar de reconocer al buen amigo Héctor Leal, a Yolanda Chapa y a la escritora Andrea Saga, y mi amiga Ruth Montemayor, por hacer posible esta publicación.

Tadeo Padua Mata